志願

婿殿は山同心2

氷月 葵

時代小説

二見時代小説文庫

首吊り志願——婿殿は山同心2

目次

第一章　富くじの裏　7
第二章　家移り騒動　52
第三章　首吊り志願　92

第四章　棒手裏剣《ぼうしゅりけん》、打つ　128
第五章　源内《げんない》先生　162
第六章　黒幕追い　211
第七章　往生際《おうじょうぎわ》　262

第一章　富くじの裏

一

朝餉《あさげ》の箱膳の前で、禎次郎《ていじろう》は忙しく箸《はし》を動かす。小皿の沢庵《たくわん》と胡瓜《きゆうり》の糠漬《ぬかづ》けが残り少ないのを見て、隣に座る妻の五月《さつき》は、そっと己の小皿と取り替えた。中皿のおかずは目刺《めざ》しだ。一汁二菜の、いつもの巻田《まきた》家の朝餉だ。

禎次郎はぽりぽりと沢庵を嚙《か》み砕く。

斜め向かいに座る母の滝乃《たきの》が、じろりと目を向けた。

「婿殿。そのような大きな音を立てて食するのはいかがなものか」

くいと顎《あご》を上げたその横顔を、隣の父栄之助《えいのすけ》がちらりと見る。それを気にもせずに、滝乃は禎次郎に顔を向けた。

「わが檀那寺《だんなでら》の和尚様《おしょう》に聞いたことがあります。僧侶は食するときに、いっさい、音を立ててはならぬそうです。沢庵でも静寂のまま食するのだそうですよ。婿殿は上野《うえの》寛永寺《かんえいじ》を警護する山同心《やまどうしん》なのですから、所作作法にも気をお配りなさいませ」

「へえ、そんな食べ方をするんですか。お坊さんてのは大変なんですね」

禎次郎は音をひそめないままに、沢庵を咀嚼《そしゃく》する。

舅《しゅうと》の栄之助は口元を弛《ゆる》めて、妻の顔を見た。

「僧はそうやって食す、とな、どうだ、これは……」

「また、朝からつまらないことを……」

滝乃は一瞬、弛《ゆる》みそうになった口元に力を込めて尖《とが》らせる。

禎次郎は義父のだじゃれに笑いながら、それを義母にも向けた。

「なあに、山同心といっても、おれは南町奉行所からの出向《しゅっこう》ですから、多少、品《ひん》が悪くても誰も気にしやしませんよ」

禎次郎は笑いながら目刺しを指でつまむと、ぽいと口に放り込む。

「まあ、婿殿」滝乃が声を荒らげた。「武士がそのような不作法を……この巻田家の品格を落とす気ですか」

「ああ、すみません、気が急《せ》いておりまして。今日は富くじの当たりを決める富突きがあるので、急いで行かねばならぬのです」

「富くじ……寛永寺で富くじを行うのですか」

目を丸くする滝乃に、隣の栄之助が首を振った。

「富くじをやるのは感応寺《かんのうじ》だ。谷中《やなか》にあるのだろう」

「はい」禎次郎が頷《うなず》く。「寛永寺の山内ではないのですが、まあ、すぐ隣にあって、子院のようなものだそうです」

妻の五月も頷く。

「わたくしも聞いたことがあります。富突きの日には、江戸中から人が集まって、黒山の人集《ひとだか》りになるそうですね。お忙しいでしょうから、もうお出かけなさいませ」

「ああ、そうする」

禎次郎はまだ口の動きが収まらぬままに、立ち上がる。

「まあ、お行儀の悪い」

尖る滝乃の声に肩をすくめながら、禎次郎は板間を出た。

身支度を調《ととの》えていると、五月もやって来て手を添える。帯をきゅっと締めるのは、やはり妻の手があったほうがいい。

五月は糊《のり》のきいた手拭いを夫の懐に入れた。

「暑くなって参りましたからね、手拭いは忘れずに」

「おう」

頷きながら、腰のうしろに朱房《しゅぶさ》のついた十手《じって》を差し込む。着流しの上に黒羽織《はおり》を纏《まと》えば、身支度は終わりだ。

「では、行って来る」

見送る妻を小さく振り返ると、禎次郎は町奉行所組屋敷の木戸門をくぐる。八丁《はっちょう》堀《ぼり》の町から上野に向かう道を、勢いよく歩き出した。

上野《うえの》の山は濃い緑で覆《おお》われている。水無月《みなづき》ももう半ばになり、空は梅雨明《つゆあ》けを思わせる青さだ。

山は全体が寛永寺の寺領となっており、ぐるりと囲んだ塀に、八つの門が点在している。表門である黒門《くろもん》の前で、三人の男達が禎次郎を待っていた。

「旦那、おはようございます」

それぞれが頭を下げる。中間《ちゅうげん》の岩吉《いわきち》は二十五歳になる若者で、禎次郎よりもひとまわり身体が大きい。小者《こもの》の勘介《かんすけ》はそれよりも二つ年下だが、誰よりも如才《じょさい》がない。

「さ、旦那、急ぎやしょう、さっきからどんどこ人が感応寺に向かってまさ」

跳ねるように歩き出す勘介に、もうひとりの小者である雪蔵《ゆきぞう》も続いて歩き出す。

「横の不忍池《しのばずのいけ》のほうからも、人が上《のぼ》ってますよ。天気もいいから、今日は大層な人出になるでしょう」

三十七歳だという雪蔵だが、足取りはしっかりとしている。

山を上って、朱塗りの吉祥閣《きっしょうかく》や壮大な根本中堂《こんぽんちゅうどう》の横を通り過ぎる。

寺侍の山同心がちらりと禎次郎を見るが、すぐに顔をそむけて、堂宇《どうう》の横へと歩いて行った。

寛永寺には目代《もくだい》という役職があり、寺の警護を担っている。その配下が寺侍の山同心だ。

禎次郎は寺侍を振り返りながら、雪蔵に言葉をかけた。

「お寺の山同心は、感応寺には行かないのかい」

「ああ……まあ、来はしますけど、遠巻きに見るだけです。あちらの山同心は、門跡《もんぜき》様や徳川《とくがわ》様の御廟《ごびょう》や菩提寺《ぼだいじ》をお守りするのが誇り……富くじに集《つど》う町人など、相手にできないとお思いなんでしょう。まあ、そのために、あたしらがいるようなもんです。以前は正月、五月、九月の正五九《しょうごく》だけだったそうですけど、お寺もなにかと大変なんでしょう、春から夏は毎月のようにやるようになって、ますます忙しくなりましたし」

「なるほど」

禎次郎は頷く。

寺侍では手が足りない、ということで、数年前から町奉行所から、同心二人が出《しゅっ》向《こう》し、山同心を務めている。そのうちの一人が腰を痛め、禎次郎に役がまわってきたのが、この四月のことだった。雪蔵らの三人は、その前任者から引き継いだために、仕事に慣れており、禎次郎にいろいろと教えてくれる。

谷中に続く門を抜けると、すぐ右横が感応寺だ。

「やあ、もう人でいっぱいだ」

勘介が声を上げた。感応寺には続々と男達がなだれ込んでいる。

人をかき分けて進むと、開け放たれた堂の正面が見えてきた。

壇上に大きな木箱が置かれており、まわりには僧侶や武士が忙しそうに動いている。

武士の中には裃《かもしも》姿の正装も見える。

「あれは寺社奉行所の大検使《だいけんし》で、検分に来ているんです。小検使なんぞも世話役で出ます。富くじには必ず立ち会って、差配をなさるんです」

ほう、と舞台上に目を配ると、その配下らしき武士らの姿も見えた。墨をすったり、紙を広げたりと、皆、仕事に追われている。

その動きが止まった。

どぉ～ん、と太鼓《たいこ》の音が鳴り響く。

「あ、はじまりますよ」

僧侶達が舞台上に並んだ。と、その口からいっせいにお経が流れ出した。

「最初に大般若《だいはんにゃきょう》経を唱えるんです」

雪蔵がささやく。

集まった人々のざわめきが高まる。多くは男だが、なかには女の姿も見える。誰もが、目を輝かせ、声をうわずらせていた。

壇上には裃姿の武士らが並んだ。

箱が確かめられたりと、いくつか決まり事がこなされていく。

続いて、墨染めの衣《ころも》を着た僧侶が、長い突き棒を持って現れた。その棒が箱に入れられ、札を突き刺すのだ。

僧侶が棒を掲げる。

群衆がしんと静まった。

唾《つば》を呑み込む音があちらこちらで響く。

「えい」

僧侶の声が洩れ、突き棒が下ろされる。

棒が止まった。そして、ゆっくりと引き上げられる。棒の先に刺さった一枚の木札が、外へと出された。

寺社奉行所世話役の武士がそれを受け取る。

「さ、いよいよ出番《でばん》の読み上げだ」

勘介がつぶやいた。くじの当たり数字は出番と呼ばれる。

「御富《おんとみ》〜。一ば〜ん」

読み上げる声に、人々が喉《のど》を鳴らす。

「竹の〜、二千〜五百〜八十〜、六番」

ああ、というどよめきが起こる。

世話役は右手で木札を皆に向けながら、左手に持った紙に目を落とした。

「百両」

おおっ、という声が湧き上がって、人混みが横に揺れる。

壇上では木札を受け取った武士が、机上の紙にそれを写していた。出番が書かれた紙は、壇の横に張り出される。

「すごい熱気だな」

禎次郎は思わずつぶやいた。

「旦那は買ったことはないんですかい」

勘介の問いに、禎次郎は失笑した。

「ないな。そんなツキが己に来るとは思えんからな」

「へえ、あきらめがいいんですね」

「ああ、子供の頃からなにをやってもほどほどだったからな。己の分《ぶん》を弁《わきま》えてしまったということさ。まあ、それに富くじなんぞ、高いじゃないか。一枚が一分《いちぶ》もするんだろう。四枚買ったら一両じゃないか」

「へえ、でも割札もありますよ」

反対側から声を上げたのは岩吉だ。

「割札……」

首をかしげる禎次郎に、雪蔵が頷く。

「二人で割ったり四人で割ったりすれば、安くなるというわけです。町の札屋でやってるんですよ」

「へえ、札屋って……そんな売り買いのしかたがあるのかい」

「ええ、ここで札を買い込んで、店で少しの手数料を載せて売るんです。そうすると、店それぞれに割札も作れますからね。別の紙に数字を書いて、二人割り、四人割りという札を渡すんです。で、本札は店で持っとくというわけで、一分の札が買えない者にとっては、重宝《ちょうほう》なものです」

「へい、これが割札でさ。四人割りです」

岩吉がそっと懐から小さな紙切れを出した。松という文字の下に数字が書かれており、札屋の屋号も入っている。勘介が首を伸ばして、それを覗き込んだ。

「なんだい、買ったのかい……ああ、そんな数字じゃだめだな。おいらのはいかにも縁起のいい数だぜ」

勘介も懐から紙切れを出す。

「なんだ、二人とも買っているのか」

禎次郎は目の前の紙切れを見比べながら、苦笑した。

壇上からはずっと声が続いている

「御富～、九ば～ん、梅の～。一千……」

誰もが手にした札を見つめる。

「二朱」

当たりの金額が告げられると、溜息《ためいき》が波のように拡がる。

「二朱とは、また安いな」

禎次郎のつぶやきに雪蔵が壇上を指さす。

「ええ、けど、次は少し上がりますよ」

十番の当たり数字が読み上げられ、「十両」と、金額が告げられた。

「一や五、十や二十などの切りのいい数字は節《ふし》っていうんですが、それはまあ、いい当たり金がつく。それ以外の端数は平《ひら》と呼ばれましてね、小さい金しかつきません」

「へえ」禎次郎が腕を組んだ。「これを百番までやるわけだな」

「ええ、まあ、退屈はしないですみますよ」

雪蔵はにやりと笑った。


「掏摸《すり》だ」

人混みの中から声が上がった。

男がひとりの男の腕を押さえて声を上げつづけている。

人をかき分けて、禎次郎ら四人はそこへと行き着いた。

「どうした」

禎次郎の姿に、腕を摑《つか》んだ若い男が相手を指さして声を高める。

「掏摸です。あたしの巾着《きんちゃく》を盗んだんです」

「ふざけんな」つかまれた男はその手を振り払った。「盗《と》ったってえんなら、調べてもらおうじゃねえか、ええっ、おまえの巾着がどこにあるってえんだよ」

「ここから盗ったじゃないか」

盗られた男は自分の懐を押さえる。が、すぐにその手を止めた。顔がたちまちに歪《ゆが》み、小首をかしげた。

「あ、あれ……あれれ……」

男は懐に手を入れると、巾着を取り出した。掏摸と呼ばれた男は、ちっと舌を鳴らすと、禎次郎に向いた。

「旦那、こういうこってす、いい迷惑だ」

若い男のほうは肩をすくめる。それに禎次郎は頷いた。

「勘違いだとわかれば、もういいだろう」

「へい」

背を丸める男にもう一度舌打ちをして、掏摸といわれた男は離れて行った。

禎次郎らもそこを離れて、もといた端のほうに戻る。

　雪蔵は苦笑した。

「旦那、あれは勘違いじゃありませんや」

「えっ」

「あの掏摸は巾着を抜き取って、中から一朱金や一分金の粒をいくつか抜いたんでしょう。それをまた懐に戻したに違いありません。戻したときに、手の気配に気がついたんでしょう」

「なんだと、それでは捕まえなけりゃいかんじゃないか」

「いやぁ」雪蔵は首を振る。「それは無理でしょう。あの盗られたほうのお人、あれはどう見てもどこかの大店《おおだな》の若旦那です。巾着にいくら銭が入っていたか、きっとわかっちゃいません。その辺を見抜いて、掏摸は獲物を決めるんです。盗られたっていう証《あかし》を立てられなけりゃ、自身番《じしんばん》にしょっぴいていけませんからね」

　なるほど……と、禎次郎は雪蔵の横顔を見た。世知《せち》に長けているし、頼りになる男だ、と改めて思う。

　富突きはずいぶんと進み、五十番代に入っている。

　周囲を見まわす禎次郎は、ふと、ある男達に目が止まった。

　出番が張り出されるたびに、手にした巻紙にそれを書き写している。皆、若い男だ。

派手な格子柄《こうしがら》や縞柄《しまがら》の着物であったり、山吹色《やまぶきいろ》や若竹色《わかたけいろ》などのいかにも軽い色の帯で、遊び人のような風体《ふうてい》だ。

「あの者らはなにをしているんだ」

禎次郎の問いに、雪蔵はそちらに目を配りながら、頷いた。

「ああ、札屋の手代達でしょう。札屋の店先に当たりの数字を張り出すんですよ。店で売った札が当たっていれば、朱墨で華々しく飾るんです。まあ、なかにはほかで出た当たりを、自分の店で出たようにいつわる者もいますがね」

「ほう、なるほど……」

「まあ、それに、ほかの使い道をする者もいますが……」

雪蔵が顔を歪める。

それは、と問い返そうとしたとき、人混みの中から声が上がった。

「なにしやがるんだ、てめえ」

「なんだと」

男が互いを突き飛ばしている。

禎次郎はまた人をかき分けて、近寄った。

「なんだ」

「へい、こいつがうしろから押すんで」

声を荒らげた男が、うしろの男を指さす。その男はさらに声を荒らげた。

「こちとらだって押されてるんだ、文句はもっとうしろにいいやがれ」

「ああ、やめろやめろ」

禎次郎は割って入る。

「これだけの人がいるんだ、押されるのはしかたがあるまい。我慢しろ」

岩吉がうしろの男を引っ張って、その場から引き離す。

男は肩を怒らせて、離れて行った。

禎次郎はふうと息を吐く。

「なるほど、退屈している暇はないな」

「へい、あ、またあっちで揉《も》めてますぜ」

勘介は指をさして向かう。禎次郎らもあわてて人混みをかき分けた。

いくども喧嘩を仲裁して、禎次郎はやれやれ、と息を吐いた。その顔を見上げて、
雪蔵が壇上を目で示す。

「旦那、もうすぐ百番ですよ」

「いよいよ三百両だ」

勘介が割札を懐から取り出して握り締めると、岩吉も倣《なら》った。二人とも、真剣な目つきで富突きの木箱を見つめる。人々も、しんと静まりかえった。

突き棒が引き抜かれ、木札が外に現れた。受け取った世話役が、ゴホンと咳払いをして、声を放つ。

「御富〜、竹のぉ〜……」

ざわめきが起こる。がっかりした溜息の中に、気勢も混じって、札を掲げる者達の姿も見えた。

「三千〜……」

あぁ……と、またどよめきが湧く。勘介と岩吉も、すでにうなだれている。

「二百〜……」

数字を読むたびに人混みは揺れ、ざわめく人の数が減っていく。

最後まで読み上げると、一瞬、しんと静まりかえり、低いざわめきが拡がった。

当たった者はここにいないのか、それともまわりに悟られまいと、一人、札を握りしめているのか……。そう考えながら、禎次郎は人混みを見渡した。

「合番《あいばん》だ」

その人混みの中から声が上がった。

札を握った腕を掲げながら、その男は人混みをかき分けて進む。

「合番です、当たりです」

男は壇に近づいていく。

壇上の世話役は顔を巡らせながら、声を張り上げた。

「こたびのくじは印違合番《しるしちがいあいばん》と両袖附《りょうそでつき》はなし。売り出しのときに告げてある」

禎次郎は傍らの勘介に顔を寄せた。

「なんのことだ」

「へい、印違合番ってのは組は違うけど、数字は合っているっていうやつで、両袖附ってのは、当たり数字に前と後がかすったもんです。まあ、それなりに報奨金《ほうしょうきん》がついたりするんですけど、毎回、あるわけじゃねえんで」

勘介は背伸びをして、札を掲げている男を見た。

「ありゃあ、紅屋《べにや》の旦那だな」

「知っているのか」

禎次郎の声に、反対側から岩吉が答えた。

「日本橋《にほんばし》の小間物屋の主《あるじ》です」

「そうそう、確か徳兵衛《とくべえ》さんっていったな」勘介がつなげる。「大店でね、鼈甲《べっこう》や珊瑚玉《さんごだま》の簪《かんざし》なんぞも置いてあって、まあ、あっしらが行くようなお店じゃありませんや……けど、岩吉っつぁんは、どうして知ってるんだい……あ、まさか、簪を買いに行ったとか……」

「馬鹿をいうな。覗いただけだ。おまえこそ、どうして知っている」

禎次郎を挟んで、二人が顔を覗き合う。この二人は同じ娘に惚《ほ》れているのだ。

「まあ、よせよせ、それよりも、あの主、ちょっとまずそうだぞ」

禎次郎は人混みをかき分けた。

「合番です、当たりです」

徳兵衛は札を振りかざしながら、壇へと進んでいる。顔が上気して、まわりの冷ややかなようすにも気づいていないようだ。

壇上の寺社奉行所世話役は、禎次郎の同心姿に気づき、目が合うと顎をしゃくり上げた。この男をどうにかしろ、という意味だとわかる。

すでに後方では人混みもばらけはじめ、壇の前も少し、人の隙間ができている。

「ちょっと、紅屋……徳兵衛さん」

禎次郎は腕を伸ばして、徳兵衛の腕をつかんだ。

「今回は合番はないそうだ、さ、もう帰ったほうがいい」

動きを止められた徳兵衛は、呆然《ぼうぜん》とした目で禎次郎を見た。

「さあ、こっちへ」

禎次郎は人混みから徳兵衛を連れ出す。雪蔵が気の毒そうに、札を握ったままの手をぽんぽんと叩いた。片方の手には、もう三枚の札が握られている。あきらかに、今となってはただの紙切れとなった札だ。

「これにて、しまい」

壇上から声が響く。

「なお、次の富くじは文月《ふみづき》の朔日《ついたち》に売り出し、十五日に富突きを行う」

帰りかけていた人々も振り向いて頷く。

「さて、では我らも山に戻るとするか」

禎次郎は腕を振って、三人に笑いかけた。

「へい」

歩き出した四人は、その前をぼんやりと歩く徳兵衛の背中を見つめた。細く小柄な身体がますます小さく見える。

その脇を通り抜けながら、禎次郎はそっと横顔を見た。うなだれた顔は生気がなく、目も半眼だ。が、そこに若い男が近づいた。派手な着物は、数字を書き写していた男達の中に見たものだ。なにやら話しかけているようすを、禎次郎は振り返った。

雪蔵も振り返ってつぶやく。

「カモにされなければいいんですがね」

若い男はすぐに離れて行った。が、そこにまた、別の男が近寄って行く。次々に男達が声をかけている。

「カモとはどういうことだ」

禎次郎が振り返ったまま問うと、雪蔵は肩をすくめた。

「札屋が次の富くじを自分の店で買うように、売り込んでいるんでしょう。まあ、それだけならいいんですが、別の口を持ちかけているのかもしれません」

「別の口……」

さらに問いを重ねようとしたところに、勘介の声が上がった。

「旦那、喧嘩です」

感応寺の五重塔の下で、男達が揉み合っている。

「やめろ」

溜息混じりに、禎次郎は走り出した。

二

町での中食《ちゅうじき》をすませて、禎次郎と供三人は山の黒門をくぐった。

「昨日の人出が嘘のようだな」

参道の勾配《こうばい》を上りながら、禎次郎は辺りを見まわした。富突きがあった昨日は、山にも人が溢《あふ》れていたが、今日はそれに比べればずっと少ない。

「また来月か」

少しうしろを歩く勘介がそうつぶやいたのを聞いて、禎次郎が振り向いた。

「おい、また買うつもりか。昨日のくじはかすりもしなかったんだろう」

「へい」勘介はにっと笑った。「けど、買わなきゃ当たりませんからね。それに、富くじってのは、買ってから突きの日までが楽しいんでさ。三百両当たったら、家でも買おうか、吉原《よしわら》に上がろうか、それともお伊勢《いせ》参りに行こうかって、もう、いろいろ考えるだけで、うきうきしてくるんで。なあ、岩吉っつぁん」

「ああ、うきうきするな」

岩吉がぼそりという。

「へえ、そういうもんかねえ」

禎次郎は首をかしげつつ、雪蔵を見た。

「雪蔵はやらないのかい」

ふっと、と雪蔵は苦笑する。

「あたしはやりません。下手《へた》に当たったら、そこで運を使い果たしてしまいそうな気がして、怖いですからね」

「なるほどな」

つられて苦笑する禎次郎は、ふと足を止めた。

目の前に白い物が降ってきたからだ。四人ともに、右上を見上げる。右側には舞台作りの清水堂《きよみずどう》があるのだ。

「こりゃ、富札だ」

白い紙片を拾い上げた勘介が、それを掲げた。ちぎられた紙には、数字が記されている。

「外れたやつがちぎって撒《ま》いてるに違いねえ。叱ってきやす」

勘介が清水堂へと続く道を上っていく。

はらはらと紙片は降りつづけ、風にあおられて散らばっていく。

「何をしている、拾え」

背後から声がかかった。

羽織袴姿の山同心だ。寛永寺警護を役目とする寺侍であり、胸を反らして歩く姿が、周囲を威嚇《いかく》する。町奉行所の役人を格下と見なしていることが、声のようすに露骨に表れていた。

思わずむっとする禎次郎の前に、雪蔵が進み出て腰を曲げた。

「あたしが拾います」

地面の紙片を一枚ずつ拾い上げる。

「ふんっ」と鼻を鳴らして、寺侍が去って行く。

憮然として見送る禎次郎の傍らで、雪蔵と岩吉が紙片をかき集め終えた。

「いやいや、これだから寺侍は……」

木立から声が起きた。太い幹の陰からそっと姿を現したのは、片倉籐兵衛《かたくらとうべえ》だった。町奉行所から出向している片割れであり、一応、たった二人ながら筆頭同心ということになっている。

寺侍と関わりたくないために、隠れていたんだな……そう、思いつつも禎次郎は会釈をした。それに胸を反らすと、片倉はくいと顎を上げた。

「一緒に屋敷に来てもらいたい。なに、すぐにすむ」

「はい」

禎次郎は雪蔵らに見廻りを頼むと、上ってきた坂を片倉とともに下った。

片倉はすぐ近くの屋敷に暮らしている。上野の山は明《あ》け六つ（朝六時）から暮《く》れ六つ（夕六時）まで開放され、その間、見廻りをしなければならない。八丁堀の組屋敷から通うのは難儀であろうと、近くに屋敷を借り上げてくれたのだという。そこに片倉と前任者の真崎《まさき》が暮らしている。その真崎が腰を痛めたために、禎次郎は代わりに山同心に就《つ》くことになったのだ。

「真崎殿も腰がすっかりよくなってな、家移りの相談をしたいといっておるのだ」

真崎は度重なる腰痛と歳を理由に、転役を希望して叶《かな》えられている。真崎が八丁堀に移り、禎次郎が上野の屋敷に移る、ということにすでに話は決まっていた。

山の周辺は、町屋と武家屋敷が混在している。その一画で、片倉は止まった。

「ここだ」

簡素な木戸門の内側は案外と広い。

「元はある商人の別宅だったらしい」片倉はにっと笑った。「妾《めかけ》を囲っておったようでな、まあ、それがどういうわけかは知らんが手放したので、土地を借り上げてこうして造り替えたというわけだ」

敷地の中には二つの屋敷がある。

右側の家の縁側にまわると、男が座っているのが見えた。小柄で決して丈夫そうには見えない。

なるほど、これで毎日、山廻りをするのはさぞ大変だったろうな……。そう感じつつ、禎次郎は向き合った。

「巻田禎次郎です」

「どうも、こたびは御厄介《ごやっかい》をおかけ致しました」

真崎は禎次郎に向かって、頭を下げた。


日暮れて薄暗くなりつつある八丁堀に、禎次郎は帰り着いた。

「ただいま戻りました、いい話がありますよ」

すでに家族の夕餉《ゆうげ》はすんでいる。が、禎次郎の大声に皆が板間に集まってきた。

箸を動かしながら、禎次郎は妻とその両親の顔を順に見た。

「今日、家移りの相談がまとまりました。同じ日に入れ替わることにしたんです。来月に入ったら、天気を見ながら日を決めますので」

「まあ、そうですか」

妻の五月がご飯をよそいながら頷く。

「なれば」母の滝乃が膝を打った。「明日から心して準備をはじめますよ。よいですか、荷物はこの機に減らします。着ない着物はまとめて古着屋に持って行きますから、お出しください。よいですね」

はあ、と禎次郎は目を上に向けた。

「しかし、おれは余分な着物などありませんし……」

「そうですわ、母上、着ない着物を持つほどの贅沢《ぜいたく》はしておりません」

五月も首をかしげる。

「いいえ、あるのです」

滝乃はきっぱりといって、夫の栄之助を横目で見た。栄之助はごほんと咳払いをして、顔をそらす。と、その顔を笑顔に変えた。

「そうだ、では家移りをする前に雨戸を直しておこう。枠がゆるんで使いにくくなっているからな、そのままにして出て行くのは申し訳ない」

「ええ」禎次郎も目刺しを飲み込んで頷く。「引っ張ると枠が外れそうになりますからね。明日は非番ですから、おれも一緒にやります」

うむうむ、と男同士で頷き合った。

雨戸を外して、地面に置くと、禎次郎と父の栄之助は、揺らぐ枠を引いたり押したりしながら、覗き込んだ。栄之助も婿養子であり、なにかにつけてかばい合うのが常になっている。

「そら、ここだ」

板と枠のあいだに隙間ができているのを見つけて、栄之助は指を入れる。

「端切れをつめて釘打ちしたほうがよいな」

「そうですね」

そう答えながら、禎次郎は背後に耳を向けた。女の話し声が聞こえる。母の滝乃が、隣と隔てる垣根越しに立ち話をしているようだ。話し相手は隣家の妻である加代《かよ》であることが、その甲高い声でわかる。

「お宅を移られるのなら、これを差し上げますわ。我が家に代々伝わる由緒《ゆいしょ》のある伊万里焼《いまりやき》ですのよ」

禎次郎はちらりと目をうしろに向ける。加代が塀越しに古びた花瓶《かびん》を差し出しているのが見てとれた。

「けっこう」

きっぱりと、滝乃の声が上がった。

「以前にいただいた竹の花入れはひびが入っていて水漏れが致しました。このさいですからはっきりといわせていただきますけれど、己が要らぬと思う物を、人がありがたがると思うのは、甚《はなは》だしい思い違い。むしろ、相手に対して失礼というものです」

禎次郎は慌てて振り返る。

「ま、あ……」

加代が顔を真っ赤にしている。その唇が震えていることが、遠目にもわかった。くるりと背を向けると、加代は家へと戻って行った。

滝乃の肩がふんと持ち上がった。

栄之助はなにごとも起きていないかのように、雨戸をいじっている。

禎次郎は栄之助を見てささやいた。

「父上、よいのですか」

「ああ、なにがだ」

「母上ですよ、あのようなことをいって……いずれまた、この八丁堀に戻って来ることになるかもしれないのですよ。あのように憎しみを買うようなことをしたら、そのときに気まずくなるじゃないですか」

「ああ」

栄之助は手を止めて、滝乃の背中を見た。

「しかし、滝乃のいうことももっともだ。あの加代殿は前にも糸の引いたおこわをくれたことがあったし、主殿は主殿で、奉行所で人の弁当のおかずをねだるお人だ。あれくらいはっきりといっても罰《ばち》は当たらんだろうよ」

「は、あ……」

口を開けたままの禎次郎に栄之助は笑う。

「それに、だ。うちの女房殿はちっとやそっとでは負けはせん。一度勝負に出たら、勝つまでやる女《おなご》だ」

「はあ、気丈夫なのは重々《じゅうじゅう》……」

禎次郎の苦笑に、栄之助は口を開けて笑う。

「ようく知っておるな。だがまあ、陰でめそめそ泣く女よりは、面倒くさくなくていいぞ」

「そういうものですか」

「ふむ、そういうものだ」

目を交わす二人に、滝乃が近づいて来た。

「進んでおりますか」

雨戸を覗き込む。

「はい、直せそうです」

禎次郎はにっと笑って、その顔を見上げた。

「けっこうですこと」

滝乃は家へと入って行く。

「さて、わたくしは着物の整理を致しましょう。要らぬ物は変に執着したりせずに、きっぱりと手放すのが武士の心得というものです」

栄之助はさりげなく顔をそむける。

禎次郎はその顔と滝乃のうしろ姿を見比べた。


敷いた布団の上に横になると、禎次郎は腕枕をして、妻の五月を見た。行灯《あんどん》の前で、繕《つくろ》いものをしている横顔に、声をかけた。

「なあ、母上が着物がどうのといっているが、なんのことか知っているか」

「さあ」と、小首をかしげる。「父上や母上の行李《こうり》は開けたことがありませんから……」

五月は糸を歯で切る。

そのまま動きを止めると、もしかしたら、とつぶやいた。

「亡くなった兄上の着物でもお持ちなのかもしれません」

五月には、六つ年上で二歳の年に亡くなった兄がいる。

「わたくしは兄に会ったことはありませんし、遺品を見たこともありません。思い出せばつらくなるでしょうから、母上が捨ててしまったのでしょう。母上はいらぬとなれば、思い切りよく捨ててしまうお人ですから」

「ああ、そういえば、おれの文箱も捨てられそうになったことがあったな、汚いといって。あわてて隠したが」

「はい、そうなのです。なれど、父上は反対に物を大切にするお方。以前、美しくもない小石が文机《ふづくえ》に置いてあったので捨てようとしたら、思い出の品だ、と取り上げられました。父上は母上が作った巾着や煙草入れも、大事に持っているのですよ。もう擦り切れているのに」

「へえ……しかし、確かに、父上は義理堅いというか、情が深いお方だから、人の気持ちがこもった物は大切にされそうだな」

「ええ……」

五月は行灯の明かりを見つめる。

「ですから、もしかしたら、兄上の着物を未だに大事に持っているのかもしれません。それを……わたくしたちの子に着せようと考えているのやもしれません」

最後のほうは声が小さく消えそうになった。

禎次郎は喉を詰まらせる。

この巻田家に婿に入って四年が経つ。が、まだ子はいない。禎次郎はそれほど気にはしていないが、妻がそれを気に病んでいるらしいことには気づいていた。

話を変えようと、禎次郎は言葉を探した。

「しかし、あれだな、母上だって、もしも父上が手作りの物を渡したら、存外、大切になさるかもしれないな」

五月が目を上に向ける。

「そうですね……そういえば、父上に買っていただいたという塗り蒔絵《まきえ》の櫛《くし》は大事にされてますね。夫婦《めおと》になるときにもらったという瑪瑙玉《めのうだま》の簪も大切にしていますよ」

まずい、と胸中でつぶやき、禎次郎は腕枕をほどいた。

ちらりとこちらを見る五月の視線を躱《かわ》して、禎次郎は夜着《よぎ》の下に滑り込む。

五月には何も買ってやったことがない。最近、それが気になり出したのだが、かといって行動に移してもいない。

「明日は早く出ねばならんからな……おれはもう寝るぞ」

「はい、お休みなさいませ」

五月が冷ややかにいった。

三

明け六つ前のまだ薄暗さが残る道を、禎次郎は上野に向かって歩く。

普段、明け六つからの見廻りは、近くに住むもう一人の山同心片倉が行っている。禎次郎は八丁堀からの通いということで、四つ刻《どき》（十時）に行き、そのまま日暮れの六つ刻まで見廻る手筈になっている。が、片倉が非番の日には、こうして明け六つ前に行かねばならない。

上野広小路を抜けて、細い川に架かる三橋《みつはし》を渡り、袴腰《はかまごし》と呼ばれる広場を歩く。両側には茶屋や料理屋が並ぶが、さすがにまだどこも開いてはいない。

おや、と禎次郎は辺りを見まわした。

雪蔵らの三人は、禎次郎が着く前に黒門の前で待っているのが常だ。が、その姿がない。


きょろきょろと顔を巡らせていると、声が上がった。

「旦那、来てください」

勘介が不忍池のほうから走って来る。あわてたようすに、禎次郎が走り出す。

「こっちです、人殺しです」

「なにっ」

背を向けた勘介のあとを追う。

池の端に、数人が立つ姿があった。岩吉と雪蔵もいる。近づくと、その足元に男がうつぶせに倒れているのが見えた。

男の首の下には、赤黒い血溜まりが拡がっている。

禎次郎の同心姿に、ひとりの老人が進み出た。

「さっき、通りかかったときに見つけたんでさ。声をかけたけど動かねえんで、あわてて黒門まで走って、こちらの方々に知らせたんで。あの、あっしはなにも、触ったりもしてませんで、ほんとです」

「ああ、血が固まっているから、昨夜《ゆうべ》、やられたんだろう」

禎次郎の言葉に、老人はほっとしたように後ずさる。

「顔を見てみよう」

という禎次郎の言葉に、岩吉が頷いて、男の身体をひっくり返す。

蒼白の顔はまだ若い。頬に切り傷があり、その下の首は大きく切り裂かれている。

覗き込む三人の野次馬《やじうま》に、

「誰か、知っている者はいるかい」

と、雪蔵が問うた。誰もが首を横に振る。

腕を組んで男を見下ろしていた禎次郎は、その目を腹の辺りで留めた。山吹色の帯を締めている。

「この帯……見覚えがあるな。そら、感応寺で出番を書き取っていた男に、こんな帯を締めていた者がいたろう」

「ああ、そういえば」勘介が覗き込む。「いましたね、そうそう、茶色の着物で、こんなんだった。顔は変わっちまってはっきりとはわかりませんが、鼻や顎の感じは同じだな」

勘介は妙に物覚えがいい。

ごぉ〜ん、と明け六つの鐘が鳴った。

人が少しずつ、増え、それが野次馬になる。

「なんだ」

それをかき分けて、険《けわ》しい声が上がった。寺侍の山同心だ。

「ああ、この男が倒れていたんです。昨夜、殺されたようで」

禎次郎の説明に、寺侍は見下ろす顔をしかめた。

「町人か……ならば、ちょうどいい、町奉行所の仕事だ。そのほう、さっさと片付けろ」

そう言い捨てて、くるりと背を向ける。

「死体など、汚らわしいものをいつまでも……」

聞こえよがしにつぶやいて、山へと戻って行く。

そこに、がたがたという音が町のほうから近づいて来た。荷車を引く男が、こちらにやって来るのを、勘介が指さした。

「さっき、自身番にも知らせておいたんで」

荷車が止まり、岩吉らがそこに男の骸《むくろ》を移した。禎次郎は積んであった蓆《むしろ》を遺体にかけ、顔までを覆った。

「おっと、顔は出しておいたほうが……」

雪蔵がいいながら、蓆をめくって顔を顕《あら》わにする。

荷車を皆で、引き、押して移動する。池の端の広い道に出たところで、雪蔵は荷車を止めさせた。勘介が頷いて、腰に差した小振りの十手を抜いて、高く掲げた。

「おおい、誰かこの男を知らないか」

禎次郎はその手際のよさを、ただ見守る。

南町奉行所でずっと吟味方《ぎんみかた》下役に就いていた禎次郎は、役所の中での事務仕事しか知らない。廻り方に出たのは初めてで、探索や捕り物などの要領も、配下の三人に教わるばかりだ。

勘介の大声に人が集まってくる。荷車に横たえられた男を覗き込んで、あわてて立ち去る者や首を伸ばす者と、さまざまだ。

「なんだい、殺しかい」

「物騒だねえ」

「やだね、若いのにこんなになっちまって」

「なんまんだぶ、なんまんだぶ」

ざわめきが拡がる。

「長吉《ちょうきち》」

その中に仰天《ぎょうてん》する声が混じった。

「長吉じゃねえか」

人混みをかき分けて、若い男が進み出る。

「知っているのか」

禎次郎の問いに、男は口を震わせながら頷く。

「振り売りの……茶碗を売り歩いている長吉でさ。長吉……」

「住まいはわかるか」

「へえ」男は震える手を、池の向こうに向ける。「根津《ねづ》の孫兵衛《まごべえ》長屋でさ」

「家族はいるのか」

「へい、おきくってえ女房と赤ん坊が……」

野次馬がざわめく。

「赤ん坊だってよ」

「不憫《ふびん》だねえ」

禎次郎もほうと息を吐いた。

「そうか。すまないが、ひとっ走り行って、その女房に自身番に来るように伝えてくれないか」

「へ、へえ。わかりやした」

男がぎくしゃくと身体を傾けながら、人混みから離れていく。

禎次郎は蓆を顔までかけると、荷車をぐいと押した。

自身番の土間に蓆を敷き、長吉を横たえた。禎次郎はしゃがむと、その懐に手を入れて探った。

「銭入れはないな。物盗りの仕業《しわざ》とみえるな」

禎次郎はそういいながら、ふと首をかしげ、手を懐から抜いた。細長い紙片を数枚、つかみ出していた。

「なんだ、これは」

いいながら拡げた紙片を、岩吉らが覗き込む。

「ああ、これは」雪蔵が一枚をつまみ上げた。「陰富《かげとみ》の札ですよ」

「陰富……聞いたことはあるが、これがその札なのか……」

雪蔵はその紙片を禎次郎に示した。松、二千六百四十三番と記された金釘流《かなくぎりゅう》の文字を指でなぞって、口を開く。

「御公儀がお許しになった富くじは御免富《ごめんとみ》と呼ばれるんですが、それが売り出しになると、印や番をそれに合わせて作るんです。印は松竹梅や鶴亀、いろはなど、そのくじによって変わりますからね。数字も三千番までとか五千番までとか、そのときによって違いますから、売り出したあとに、確かめて、こうやって札を作るんですよ」

「へい」勘介も横にしゃがみ込む。「下手くそな字だから、この長吉が作ったのかもしれませんね。だいたいが一枚二、三文、せいぜい四文で売るんでさ」

岩吉も首を伸ばす。

「出番を書いた紙もあるんじゃねえですかい」

禎次郎は手を袖に伸ばした。骸を上げ下ろししたときに、袖が重かったことを思い出したのだ。

「あった、これか」

袖から丸めた数枚の紙を引き出す。拡げると、そこには小さな文字で松竹梅の印と数字がずらりと書き記されていた。

勘介が頷く。

「それを持って、歩くんで。まあ、陰富ってのがばれちゃいけませんから、世間話を書いた読売《よみうり》の振りをして、お話お話〜っていいながら、札を売った相手とかをまわるんでさ。その紙も三文やら四文で売りますから、そこそこの商いになるんでしょうね」

「ほう、で、当たりだと金がもらえるのか」

「へい、御免富の当たりとおんなじ番号が当たりになります。当たっても八文とか十文とか、大した額じゃありませんが、おもしろいことは面白いんでみんなやってます」

「御法度《ごはっと》だぞ」

買ったことがあるのだろう、したり顔で勘介が頷く。

岩吉がぼそりとつぶやく。

「い、今はやらねえやい」

勘介があわてて首を振るのを、禎次郎は苦笑しながら見た。

「陰富を売る者は多いのかい」

「はい」雪蔵が答える。「一人でやる者もいるし、胴元がいて、何人もで売りさばく者もいるようですよ。御公儀はいくども禁令を出してますけど、今じゃ、すっかり広まってしまっていますからね。感応寺で出番を書き留めていた者らの中にも、幾人もいたことでしょう。突きの日には、必ず来ますからね」

ふうん、と禎次郎は腕を組む。

「それじゃあ、陰富をやっている者らは互いを知っていてもおかしくはないんだな。この長吉は陰富をやっていてある程度の銭を持っている、ってのを知っているやつがいた。そいつが懐を狙ってやったのかもしれないってことか」

「そうですねえ」

と、雪蔵と勘介の声が揃った。

自身番の入り口に足音が響いた。

開け放した戸口に、人影が立つ。背中に赤ん坊を負った若い女だ。

「おきくさんかい」

禎次郎の問いに、女は小さく頷きながら、足を踏み入れた。呆然と見開いた目が、土間に横たわる身体を見た。

「あんた……」

かすかにつぶやくと、へなへなと身体が崩れ落ちた。

「長吉さんに間違いないか」

禎次郎の問いに、今度ははっきりと頷く。

その口は動くが、声は出てこない。背中の赤ん坊がぐずりはじめるが、おきくは目と口を開けて、土間に座ったまま動かない。

無理もない、正気ではいられまいよ……そう胸中でつぶやきながら、禎次郎はそっとおきくに寄った。二の腕をそっとつかみ、立ち上がらせて板間に誘導する。が、突然、おきくはその手を振り払い、身を翻《ひるがえ》した。

「あんた」

横たわる夫に駆け寄ると、その身体をゆすった。

「あんた、起きてよ、あんたっ……」

すでに硬くなりはじめた身体にしがみつく。

誰もが、口を閉じた。

おきくの声だけが響く。

そこにやっと別の声が入り込んだ。

「殺しというのは本当か」

飛び込んできたのは、同心姿の男だった。

禎次郎はすぐに進み出て挨拶《あいさつ》をすると、これまでの経緯《いきさつ》を説明した。

「そうでしたか、かたじけない。わたしは定町廻り同心、井村五兵衛《いむらごへえ》と申す。お手数をおかけ申した」

「いえ」禎次郎は泣きはじめたおきくを目で振り返りながら、井村を端へと誘った。

「殺された長吉は、どうも陰富をやっていたようなのです」

「陰富……いや、我らも取り締まりには力を入れているのだが、やつらもなかなか巧妙でな、手を焼いているところです」

眉をひそめる井村に、禎次郎は抑《おさ》えた声で続ける。

「感応寺の富くじでは、売り出しや突きに立ち会いますから、こちらも気をつけてみるようにします。長吉の殺しも、もしかしたら関わりがあるのかもしれない。なにかつかめましたら、お知らせします」

「ああ、いや、そちらにはそちらの仕事がおありでしょう。本来、陰富も殺しも、こちらが探索すべきこと。ここまでで充分です」

暗に余計な手出しはするな、と制されたようで、禎次郎は黙った。

「しかし、まあ」井村は咳払いをした。「なにか耳に入るようなことがありましたら、お聞かせいただいても……」

なるほど、面子《メンツ》の問題か……そう得心して、禎次郎は微笑《ほほえ》みを作った。

「そうですね、訊かずとも知れることもありましょうから、その際にはお知らせを」

「うむ。巻田殿と申されたな、礼をいいますぞ」

「いえ、お山で起きたことですから」

禎次郎は神妙な面持ちで頷いた。が、口元を引き締めたのは、生真面目さゆえではない。事件だ、と思うと胸の内が高鳴ってくる。うれしいようなその気持ちが、頬の弛みとして表れないようにするためだった。

第二章　家移り騒動

一

朝方五つ（八時）の鐘を聞きながら、禎次郎は不忍池の畔《ほとり》を歩いていた。上野の山の緑や五重塔は、蓮《はす》の揺れる池の向こうに見えている。こちら側は、根津《ねづ》へと続く道だ。不忍池から根津は近い。

長吉の変わり果てた姿が池の端で見つかってから、十日ほどが過ぎた。初七日《しょなのか》も終わり、おきくさんも落ち着いてきただろう……そう考えた禎次郎は、話を聞こうと思い立ったのだ。

裏道に入り、孫兵衛長屋を尋ねると、すぐに見つかった。入り口脇に暮らす差配人に訊くと、おきくの家へと案内してくれた。雇われ大家である差配人は、長屋の店子《たなこ》の面倒を見るのも仕事だ。

「おきくさん、いるかい」

初老の差配人は、戸を開けると禎次郎を招き入れ、そのまま一緒に上がり込んだ。

おきくの横には、夫婦者らしい男女がおり、持って来たらしい膳を片付けていた。膳といっても、飯碗に汁碗、そして小皿だけだ。おそらく香の物が載せられていたのだろう。

禎次郎の同心姿に、若い夫婦は居住まいを正したが、おきくはぼんやりと見上げるだけだった。

「自身番で会ったんだが……」禎次郎はそういってすぐに、首を振った。「いや、覚えちゃいまいな」

禎次郎は池の端で長吉を見つけ、自身番へと運んだ経緯を説明する。それに真っ先に反応したのは差配人だった。

「ああ、旦那が……そりゃ、お世話になりました」

禎次郎は懐から小さな紙包みを差し出した。

「もうすぐ二七日《ふたなのか》だろう、少しだがこれで団子《だんご》でも供えてやってくれ」

「これはどうも、御丁寧《ごていねい》に」

そう恐縮する差配人の横で、おきくはぼんやりとした面持ちのまま、包みを見る。

禎次郎は咳払いをして、言葉を探しながら、布団で寝入る赤ん坊に目を留めた。

「娘かい、いくつになる」

「いいえ、男の子でして、まだ、八ヶ月でさ」

差配人が答えると、夫婦者の女房のほうが頷いた。

「この子が生まれて、長吉っつぁん、張り切っていたのに……」

禎次郎はその言葉尻をとらえる。

「張り切って稼ごうとしたんだろうな。振り売りで茶碗を売っていたと聞いたが、ほかにも仕事をしてたようだな」

「ほかに……」

首をかしげる女房の隣で、夫のほうが目をそむけたことに、禎次郎が気づいた。

「陰富をやっていたのを知っているんだな」

その言葉に差配人が目を剝《む》く。

「陰富だと、御法度じゃないか」

「や、それは……」夫が拳を握る。「赤ん坊が生まれるってことになってから、金が入り用だってんではじめたんでさ。それまではしちゃいません。それに、長吉っつぁんはてめえ一人で札を作って、一枚二文、当たれば四文返し……出番だって一枚二文で売ってたし、それほど儲《もう》けちゃいませんぜ」

ふむ、と眉を寄せる禎次郎の顔に、差配人がおろおろと手を振る。

「それだって御定法破りにはかわりゃしません、すいません……いや、けど、もう死んじまったこってすし、どうか、旦那、許してやってください」

頭を下げる差配人に、禎次郎は手を振る。

「ああ、それを咎《とが》めようと来たわけじゃないよ。死んだ者に縄をかけるつもりはないから安心しな。だが、長吉を手にかけた科人《とがにん》は上げなけりゃならん。でなけりゃ死んだ者も浮かばれないじゃないか。なあ、おきくさん……」

禎次郎はおきくに声を向ける。

「おきくさんは長吉さんが陰富をやってたって、知っていたのかい」

おきくは浮いた目のまま、小首をかしげる。答えたのは、また若夫婦の夫のほうだった。

「女衆《おなごし》は知りませんや。ばれたら叱られるのが落ちですからね」

「なるほどな……では、男衆は知っていたということか。そのうちの誰かが、懐の巾着を狙ってやった、ということなんだろうが……」

「あ、あっしじゃありませんぜ」

夫が腰を浮かせて手を振る。

「あんた……」

形相《ぎょうそう》を変える女房と禎次郎を交互に見ながら、夫は唾《つば》を飛ばす。

「だいいち、長吉っつぁんの陰富を知っていたのはこの辺の男だけじゃねえ。長吉っつぁんは、浅草や本所《ほんじょ》にだって売りに行ってたんだ。深川《ふかがわ》にだって行ってたみてえだし、ここいらの者《もん》とは限らねえ」

ふうむ、と禎次郎は腕を組む。

「ずいぶんと広く売り歩いていたんだな」

「そうでさ、神田《かんだ》や日本橋は縄張りがあるから近づかないっていってやしたけど」

「縄張りか……しかし、そう広いと探索も難儀だな」

禎次郎は顎を撫《な》でる。

「旦那」差配人が顔を向けた。「それに池の端だったら、よそからの者も大勢来ます。たまたま行きずりの者がやった、ってことも考えられるんじゃないですか」

「ふうむ、そうだな」

禎次郎はほうと息を吐いて、その腰を浮かせた。

「いや、すこしはわかった、邪魔したな。おきくさん、また寄らせてもらうかもしれないが……」

おきくの顔を見る、が、目は合わない。差配人は困ったように、おきくと禎次郎の顔を見比べた。

「ええ、と、旦那、おきくさんはいつまでここにいるかわかりませんで」

「そうなのか……親元にでも帰るのか」

おきくが初めて、ゆっくりと禎次郎を見上げた。

「親なんて、いません」

若夫婦の女房が、肩をすくめて言葉をつなぐ。

「おきくちゃんは、子供の頃におっ母さんもお父っつぁんも死んじまったそうですよ。それで水茶屋に預けられることになって、そこでずっと奉公していたんです」

「そうか」

禎次郎が再び腰を落とすのを見て、夫婦の夫のほうが口を開いた。

「その水茶屋で、長吉っつぁんがおきくちゃんを見初《みそ》めたんでさ。長吉のやつ、毎日のように通っちゃあ、腹がだぼだぼになるまで茶を飲んで、おきくちゃんを口説《くど》き落としたってわけで」

「そうさ、苦労してやっと夫婦になって……それなのに、こんなことになっちまって……」

女房の声が涙声に変わる。それにつられるように、おきくの頰が引きつった。徐々に頰に赤味が差し、それが目にも上がっていく。その目から、涙がつうと流れた。

「なんで……」

おきくの頰が涙にまみれる。

「どうして、あたしばっかりこんな目に遭うんだろう……次から次へ、不幸ばっかりが来るんだ……」

「まったくねえ」女房が眉を寄せる。「世の中にゃ遊び暮らしているお人もいるっていうのにさ、片っ方には、つらい目ばっかり遭《あ》うもんもいる。お天道様《てんとさま》もひどいもんだよ、日の当たる者と日陰の者をわけるんだから」

「ああ」亭主も腕をまくる。「そういう日陰者がこんな長屋に集まって、細々と暮らしてるってえのによ、そこに追い打ちかけやがるんだからな」

「まあまあ」差配人が手を上げた。「そうふてくされるもんじゃない。長年、差配をやっていると、いろいろな人を見るもんだ。お屋敷暮らしから長屋にやって来るお人もいるし、長屋暮らしから家持ちになる人もいる。日の当たり加減なんぞ、ある日突然、変わるものだ。捨《す》て鉢《ばち》になっちゃあいけないよ」

差配人はおきくの顔を下から見上げた。

「捨て鉢っていうのはね、お坊さんが持つ托鉢《たくはつ》の鉢のことだ。お坊さんは修行で家々をまわってお布施《ふせ》を乞うだろう。だが、誰もが機嫌よくお布施をしてくれるわけじゃない。罵《ののし》る人だっているし、水を撒く人だっている。それで修行がつらくなって、鉢を放り投げてやめちまうことを捨て鉢っていうんだ。いいかい、わしらも似たようなものさ。この中に鉢を持っている」

差配人は胸を押さえた。

「あきらめてその鉢を割ってしまえばそれまでだ。だが、捨てずに持っていれば、いつの間にか、いろいろなものが溜まっていくもんだ」

いかにも苦労人らしい顔で、差配人はおきくに頷く。

「いいね、捨て鉢になっちゃあいけないよ」

けど……と、おきくが首を振る。

「この先、どうすりゃいいんだか……」

声は嗚咽《おえつ》で震えたままだ。

禎次郎は懐の財布から、一朱金の粒をふたつ取り出して、そっと差配人の膝元に置いた。

「行くところがないのなら、もう少しここに置いてやってくれないか」

「ああ、はい」差配人が粒をつまみ上げる。「いえ、あたしも家主に掛け合ってはいるんです。子供のほうも、引き取り手はないか、名主に相談もしてみるつもりでいますから」

「だめだよ」

おきくは嗚咽を大声に変えた。傍らの赤ん坊を抱き上げると、うしろにずり下がる。

「この子は放すもんか。あの人の形見なんだ、誰にも渡さないよ」

「ああ、ああ、わかった」差配人がやさしい声を向ける。「悪かった、じゃあ、二人で生きていけるような道を探そうな」

そういいつつも差配人の眼差しは冷静だ。時をかけて説得しようとしているのだ、と禎次郎には読めた。

禎次郎はゆっくりと腰を上げた。

上野の山に昼の九つ（正午）を知らせる鐘が鳴り響く。

中食をとるために、禎次郎はいつものように雪蔵ら配下三人を連れて、町に出た。

同心付きの中間《ちゅうげん》や小者は町奉行所で雇われてはいるものの、彼らの口は同心が見るのが倣いだ。

「当分、煮売り屋で我慢してくれ。ちと物入りがあって、懐が木枯らしだ」

「へい」

もともと彼らに案内された煮売り屋に、入って行く。奥に板間があって、そこで食べさせてくれるし、夜には酒も出してくれる。

ひとりで切り盛りするおとせが、てきぱきと四人の前に椀を並べた。

「干物は鯖《さば》と鯵《あじ》がおいしいよ」

じゃあ鯖だ、鯵だとそれぞれに頼み、あさりの味噌汁《みそしる》をすする。

禎次郎は白瓜《しろうり》の浅漬けをぽりぽりとかじりながら、たすき掛けで忙《せわ》しなく働くおとせの背中を見た。

「おとせさんよ、ここに人手は要らないか」

おとせはくるりとこちらを向くと、小鉢を持って来た。

「はいな、おからも食べとくれ。珍しく名前を呼ぶからなんだと思ったら……旦那、人手はいりませんよ、こんな狭い店、あたしのほか、立てやしませんよ」

「それもそうか」

上を仰ぐ禎次郎に雪蔵が問う。

「なんですか、旦那が口入れ屋の真似をするなんて」

「ああ……そら、このあいだ殺された長吉……あの女房が赤子を抱えて行き場をなくしているんだ。どうにも不憫でな」

「赤子」おとせがこちらを向く。「あら、それならもしかして……」

「なんだ」

「いえね、湯島《ゆしま》の団子茶屋で赤ん坊が生まれたんですけど、おかみさんは産後の肥立《ひだ》ちが悪くて、乳が出ないって話なんですよ。まわりからもらい乳をしてるって聞きましたから、ちょっと聞いてみましょうかね」

「おお、それは助かる。その女房は根津の孫兵衛長屋のおきくさんといってな、昔は水茶屋で奉公していたそうだから、店の手伝いもできるぞ」

「まあ、そりゃ都合のいいこと。じゃ、話をしてみますよ」

そういいながら、おとせは焼き上がった鯖と鰺をそれぞれの前に置く。

「ああ、すまないな」

禎次郎は鯖を箸でほぐすと、それを口に放り込んだ。

「あちち」口中《こうちゅう》に熱い脂《あぶら》がひろがる。「いや、しかし、うまい」

「そういえば、旦那。こっちに家移りして来なさるんでしょ」

「ああ。雨が降らなければ来月の五日頃にしようと思っている。朔日は富くじの売り出しで非番が返上になるしな」

「へえ、そうですか」

「文月の……」

　雪蔵と勘介が顔を見合わせた。

「あら、それじゃ」おとせがにこりと笑む。「今後ともうちの煮売りをごひいきに」

　ごほん、と禎次郎は咳をする。

　無駄が嫌いな母や妻が、煮売りを買うとは思えない。が、それを呑み込んで、ははは、と笑顔を作った。

二

　感応寺の山門を、人が続々とくぐる。文月朔日、富くじの売り出しだ。

　売られていく富札を覗き込んで、勘介が禎次郎を振り返った。

「今回の印《しるし》はいろはですぜ、旦那。番は三千番代までですね」

「ほう、ということは九千枚を売るわけか」

そう頷きながら、禎次郎は札を買う男達を見つめた。中には小判を十枚、二十枚と差し出して、富札を束で買う男の姿も認められる。中年の男が多く、番頭や手代らしい男が付き従っている。

「あれは札屋だな」

禎次郎の問いに雪蔵が頷いた。

「そうでしょうね。それぞれ茶屋や料理屋なんぞをやっていて、その片手間に売るんですよ。客集めになりますから、商いの上でも都合がいいんでしょう」

ふうむ、と禎次郎は腕を組んで、辺りを見まわす。人混みの中には、札を買わずに、印や数字の番を覗き込んでいる男達もいる。こちらは若くていかにも軽々しい。富突きの日に出番を書き取っていた男達と似た風体《ふうてい》だ。

禎次郎はそのうちのひとりが人混みを離れたのを認め、近寄った。

「これ、ちょっとよいか」

男は振り向くとぎょっとして、身を引いた。

「な、なんですかい、旦那。あっしはちょいと覗きに来ただけですぜ」

「ああ、わかってるよ」

と、禎次郎は口元を弛めた。印と数字が何番まで出ているのか、それを確かめに来たのだろう、と想像はつく。それを元に、陰富の札を作るに違いない。

「聞きたいことがあるだけだ、長吉っていう男を知らないかい。このあいだ、池の端で殺されたんだが……」

「ああ」男は顔をしかめる。「あっしは直《じか》には知りませんよ。新参者だってえ話は聞きましたけどね」

「新参者……陰富の仲間ではっていうことかい」

あっと男は慌てて口を押さえると、くるりと背を向けた。

「知りませんで、じゃ」

そう言い捨てると、人混みの中に分け入った。

「新参者がじゃまにされた、ということだろうか」

禎次郎が顎を撫でると、雪蔵は肩をすくめた。

「仲間割れかもしれませんね」

人混みは少しずつ、ほぐれていく。朝、押しかけていた者達が、それぞれに札を買って、帰って行くためだ。

その人混みの中を岩吉と勘介は、十手をかざしながら歩いている。掏摸への牽制《けんせい》のためだ。

人のようすを見渡しながら、禎次郎は口元を弛めた。

「突きの日とは人の顔つきが違うな。あのときにはみんな、目がきつかったし、突きが進むに従って、殺気立っていったからな」

そのときの情景が、頭の中に甦《よみがえ》った。

「そういや、紅屋の主は来ていないな。ずいぶんと熱を入れていたから、初日《はつび》に来るかと思っていたが」

「ああ」雪蔵も見まわす。「そうですね、まあ、富くじをやる人は縁起を担《かつ》ぎますから、こうして初日に来る人もいれば、残り物には福があるとばかりに、終《しま》いの日に来る人も多いんですよ。まあ、忙しい人は近くの札屋で買ったりもしますしね」

「なるほど」

そう頷く禎次郎を、雪蔵はまじまじと見上げた。

「旦那は陰富は取り締まらないんですかい。さっきの男も放しちまいましたが、お山で御定法破りを捕まえれば、手柄《てがら》になるでしょうに」

「ああ」禎次郎は苦笑する。「一文や三文で大勢が楽しんでるんだ。捕まえるほどのことじゃあるまいよ。こうやって見てても、みんな浮き浮きしてるじゃないか。富くじってのは、楽しいものなんだな」

「はあ、そりゃ、買うときには、誰もが当たることを夢見て浮き立ってますからね。けど、当たるのはほんのひと握りだ」

雪蔵も苦笑する。

人混みの中から、手が上がった。勘介が右手を振りながら、こちらにやって来る。

「旦那」

その左手は、若い男の袖を握っていた。その男を前に押し出しながら、勘介が胸を張る。

「旦那、この為蔵《ためぞう》は陰富をやってるんでさ」

「なんでいっ」為蔵は勘介の手を振り払う。「勘介、てめえ……さんざん陰富を買ったくせに、えらそうにしやがって」

「あ、いや……今は買ってないじゃないか」

おたおたしつつも、勘介は禎次郎に向く。

「為蔵は殺された長吉を知ってたそうです」

「知ってたっていっても」為蔵は顔をしかめる。「ちっと立ち話をしたくらいでさ。売れ具合はどうだとか、どの町で売ったとか」

「ほう、陰富をやっている者は、そんな話を交換するのか」

禎次郎の問いに、為蔵は「へえ」と頷く。

「まあ、やってる者は互いに知ってますからね。あんまり相手のシマを荒らさないように、気をつけなけりゃいけねえし」

「ふむ、シマか……長吉にはそういう揉めごとがあったのかい」

為蔵は上を向く。

「いやぁ、どうかな……あいつはもともと堅気《かたぎ》だし、押しが強くもなかったし……だが、そうだな、生意気だとか仁義を知らねえやつだ、とかって怒っている野郎もいやしたね」

「へえ、誰だい」

顎を突き出す禎次郎を躱《かわ》すように、為蔵は人混みを振り返った。

「今日も来てたな、そら」門に向かって歩いている男達を顎で指し示す。「あの鼠色《ねずみいろ》の着物のやつが金次《きんじ》、茶色の格子柄を着ているやつが虎公《とらこう》でさ。あいつらはそもそも新参者が気にくわねえんだ」

禎次郎は首を伸ばして、その男達の姿を目で追った。髷《まげ》が頭上で斜めになっているのは、だらしがないせいなのか、それが粋《いき》だと思っているのか……。

「あれか……で、長吉のなにが生意気だといっていたんだい」

「さあ、そこまでは聞いてませんや。あっしはやつらとはあんまり関わらないようにしているんで」

為蔵は肩をすくめると、うしろに下がった。

「もういいですかい、急ぎますんで」

「ああ、引き留めて悪かったな」

禎次郎が笑顔を作ると、為蔵はほっとした面持ちで去って行った。

勘介がちらりと禎次郎に上目を使う。

「旦那、あっしはほんとに陰富はやめてますんで」

「ああ、わかってるよ」禎次郎はその背を叩く。「おかげでいろいろと聞けた。さあ、飯でも食いに行くか」

昼九つの鐘が、もう鳴り終わろうとしていた。

上野の山は東側が崖になっている。町に近い東側は桜の木が植えられていることから、桜が岡と呼ばれており、眺めのいい桜茶屋《さくらぢゃや》がある。店先には緋毛氈《ひもうせん》がかけられた長床几《ながしょうぎ》が並べられており、人のにぎわいが絶えない。

「おや、旦那、いらっしゃいまし」

店の主が団子の載った盆を運びながら、会釈をする。ここはこの中年の主とひとまわりは下に見える女将《おかみ》とがやっている。

「菜飯《なめし》と団子をくれ」

禎次郎は三人を連れて、奥の板間に上がった。景色を楽しみたい客等は、こちらには入って来ない。

「はあい、ただいま」

奉公人のお花《はな》は、赤い前垂れをひらつかせて笑顔で頷いた。

勘介と岩吉は板間に上がらずに、お花のまわりをうろうろとする。看板娘のお花に、二人は惚れているのだ。

「お花ちゃん、茶はわっしが運ぶぞ」

岩吉が盆を手に取ると、勘介はそれを肘《ひじ》で押して、前に出た。

「じゃ、おいらは団子を運ぶ、お花ちゃん、こっちにくれ」

板間の禎次郎と雪蔵は苦笑しながら、牽制し合う二人を見た。

大きな手で土瓶《どびん》と湯飲みを置くと、岩吉はやっと板間に胡座《あぐら》をかいた。

勘介も団子や菜飯を並べると、忙しそうに動きまわるお花を未練がましく見つめる。

中食には菜飯が食べたい、といいだしたのは勘介であり、岩吉もすぐにそれに同意した。が、お花の前では、二人は決して譲らない。

まったく気が合うのか合わないのか、わからないやつらだ……。禎次郎はそう苦笑しつつ、菜飯を口に運んだ。塩漬けの芥子菜《からしな》が混ぜ込んである菜飯は、ほんのりとい い香りが鼻をくすぐる。

「これもどうぞ」

少し手が空いたのか、お花が中鉢に盛ったしば漬けを持ってやって来た。胡瓜《きゅうり》や茄子《なす》が赤紫蘇《あかじそ》で漬けられ、鮮やかな赤を見せている。京の漬け物として知られるしば漬けだが、主夫婦には西の言葉が混じるから、おそらくどちらかが漬けているのだろう。

禎次郎は酸っぱさの立つしば漬けを嚙みしめた。

「こりゃうまいや」

勘介は目を細めながら、お花に微笑んだ。と、踵《きびす》を返そうとするお花を手招きした。

「そうだ、お花ちゃんに訊きたいことがあったんだ」

「あら、なんです」

向き直るお花に、勘介は声を落として、問う。

「客が陰富の話をするのを聞いたことはないかい。いや、このあいだ、ちょっとした事件があってね、調べているのさ」

勘介はいかにも十手持ちらしく、胸を張る。

そのようすを見ながら、禎次郎は吹き出しそうになるのを抑えた。勘介は菜飯が食べたいといってこの茶屋に連れて来たことを、これで糊塗《こと》するつもりなのだろう。お花に会いたいだけではない、聞き込みなのだと、とりつくろっているに違いない。

答えを期待せずに、禎次郎は菜飯を頬張る。が、その耳に、意外な言葉が飛び込んできた。

「あら、陰富のことなら、お客さんはよく話してますよ。いくら当たったただの、損しただのって。みんな買ってるんですね。御免富は高いから」

「へえ、そうなのかい」

禎次郎の問いに、お花はにっこりと微笑む。

「ええ、このあいだの富突きのあとなんか、三十両当たったからって、御祝儀くれた人までいましたよ」

「三十両……」雪蔵が、顔を上げた。「そりゃ、御免富のほうだろう」

「いいえ、陰富ですよ。そういっていたもの」お花がじれったそうに、身をよじる。

「なんでも、近頃では、陰富も大きなのがあるんですって」

「えっ」

　と、四人の声が揃った。

「そりゃ、ほんとかい」

　勘介が身を乗り出すと、お花は身を引きながらも頷いた。

「ええ。当たった人がそういってたもの。そのぶん、札も高いっていっていたけど」

「ほう」

　禎次郎は箸を宙で止めて、眉を寄せる。

「そいつは初耳だな」

　へい、と三人も顔を見合わせた。

三

　大きな柳行李《やなぎごうり》を、禎次郎は縁側から庭の荷車に運ぶ。うしろから風呂敷包みを抱えた妻の五月がやって来て、青い空を見上げた。

「よいお天気。家移り日和《びより》になってよかったですね」

「家移り日和か、そうだな」

禎次郎は笑いながら、荷物を受け取って、柳行李のあいだに押し込んだ。

「ああ、忙しい」

家の縁側を、母の滝乃が足音を立てて通り過ぎる。今日は誰もがたすき掛けだ。

父の栄之助が、奥から文机を抱えて来て、縁側に置く。と、その前で、滝乃が立ち止まった。

「まあ、おまえさま、そんな物を運ぶのはおよしなさいませ。また、腰を傷《いた》めるのがおち……」

滝乃がこちらを向いて、声を上げた。

「婿殿っ、大きな荷物をお願いしますよ」

禎次郎は歩み寄ると、並べられた荷物を眺め、滝乃を見上げた。

「あとでまとめて、荷車に移します。ですが、母上、全部、あちらに持って行くのですか。荷物を整理するといっておられましたが」

「持って行って、あちらについてから整理して処分することにしました。熟慮の末、そう決めたのです」

「はあ、そうですか……ですが、それだと運ぶ手間が無駄だと思いますが」

「熟慮の末、です」

きっぱりと胸を張る滝乃に、禎次郎は肩をすくめた。

「はい」

滝乃はこうと決めたら引き下がらない。抗弁しても無駄なことは明白だ。やれやれ、と息を落としながら、禎次郎は荷車へと戻った。

荷車は二台ある。片方はまだ空《から》のままだ。

ふう、と腰に手を当ててそれを見る禎次郎に、背後から声がかかった。

「よう、禎次郎」

振り向くと、木戸門をくぐって入って来る男の姿があった。幼なじみの野辺新吾《のべしんご》だ。

「新吾」

「おう、手伝いに来たぞ」

手を上げる新吾に、禎次郎は破顔する。

「そうか、すまんな」

しかし、新吾はそれに片頬を歪めた。

「といっても、非番じゃないから一刻《いっとき》しかいられんのだ。悪いな」

新吾は牢屋敷見廻り役だ。町奉行所の役人は、非番がきっちりと決まっており、よほどのことがないと変えることはできない。

「いや、それでもありがたい。簞笥《たんす》を運びたいんだ、手伝ってくれ」

「おう、まかせとけ」

ふたりは家から簞笥を出して、荷車に積む。空《から》だった荷車に、次々に大きな荷物が積まれた。

庭に下りてきた五月は、荷物を抱えたまま、深々と新吾に頭を下げた。

「まあ、かたじけのうございます」

「なあに、お安い御用です」

新吾はそういいながら、腕をまわして禎次郎と荷物に縄をかける。互いの額に汗が流れているが、ぬぐうことはできない。

五月はもう一方の荷車に、持っていた荷物を押し込んでいた。

「あらあら、まあまあ、大変ですこと」

庭の向こうから高い声が流れてきた。隣家の加代が、垣根越しに五月に声をかけているらしいことを、禎次郎は背中に感じた。

「お騒がせしてすみません」

そういう五月の声に、加代の声がさらに高まる。

「いえいえ……けれど、こういうときには子供がいないほうがいいわねえ。子供がいたら、動きまわって大変ですもの」

禎次郎は縄を手にしたまま、首だけを声のほうに巡らせた。五月は返事をせずに、うつむいたまま荷物の整理をしている。その頭に加代の声が続いた。

「うちなんて六人もいるでしょ、だから、大掃除のときなんてもう大変で……」

加代はぺらぺらとしゃべりつづける。

禎次郎は思わず縄を手放す。振り返ろうとしたそのときに、新吾が大きな声を放った。

「五月殿、ちょっと来てください」

五月が顔を上げて、こちらにやって来る。加代が口を閉じて、それを見送る。と、すぐに垣根を離れていくのが見えた。

新吾はその背中を見送りながら、五月に苦笑を向けた。

「ああいうときにはさっさと離れるのが一番です」

小さく頷く五月を、禎次郎が覗き込む。

「いつもああいうことをいわれていたのか」

五月が小さく頷く。禎次郎は首を伸ばして、すでに加代の姿が消えた隣家の庭を振り返った。

「あの御新造《ごしんぞう》は暇なのか」

新吾が苦笑する。

「あのお方は人に嫌味をいうのが楽しみなのだ。おれもしょっちゅう、嫁はまだ来ないのか、といわれる。まだ来ないのかって、いうときの顔がなんともうれしそうでな、心配していっているわけじゃないのがよくわかる」

「はい」五月も頷く。「わたくしに子供の話をするときにも、いつも目が半分笑っています」

「ああ、そうそう、そういう感じです」新吾は頷きつつ、禎次郎を見る。「おまえはなにもいわれたことはないのか」

「そういえば……」禎次郎が上を見た。「婿に入ってすぐの頃だったか、垣根越しにいわれたな。棚から牡丹餅《ぼたもち》とはこのことですね、と」

「まあ、旦那様にまで」

五月の困惑顔に、禎次郎は頷く。

「ああ、だが、そうなんですよ、と笑ったら、それきりだった」

「そりゃ……」新吾が笑い出す。「張り合いがなかったろうよ」

五月もつられて笑顔になる。新吾はその笑みに頷いた。

「まあ、これであのお加代様ともお別れだ。さばさばしますね」

「はい」

五月は背を伸ばして頷いた。

「さあ、荷造りだ」

禎次郎は再び縄を手に取る。

「しかし」新吾が頭を巡らせる。「中間《ちゅうげん》はいないのか」

「ああ、ずっと前に母上が暇を出してしまってな」禎次郎が肩をすくめた。「先日、口入れ屋から新しい中間が来たのだが、それもまた母上が……」

苦笑する禎次郎に、五月がおずおずと言葉をつなげる。

「人相が気に喰わぬ、といって追い返してしまったのです」

「そりゃ、また……」

口を開けて笑う新吾に、五月は恥ずかしそうに身をすくめる。そのまま気まずそうに、家の中へ戻って行った。

禎次郎は、ほうと息を吐く。

「せめて家移りの人足だけでも雇えばよいのに、二度運べばよい、と母上が言い張ってな。父上は腰が悪くて当てにならないというのに……」

「そうか……婿殿もなかなか難儀だな」

新吾が同情も顕《あら》わに、禎次郎の肩を叩いた。

「ああ、ここだここだ」

そこに、外から聞き覚えのある声が上がった。

「旦那、手伝いに来ましたぜ」

声の主は勘介と雪蔵だった。

「おまえたち……」

驚く禎次郎に会釈をしながら、二人は庭に入って来る。

目を丸くしたままの禎次郎に、勘介がにっと笑った。

「岩吉はこちらと入れ替えになる真崎様のとこに行ってます」

「はい」雪蔵はたすきを掛けながら頷く。「岩吉は力があるから一人、こちらは力がないから二人。まあ、いないよりはいいでしょう」

禎次郎が両手を上げて、二人に寄る。

「助かる」

禎次郎は並んだそれぞれの肩に手を置いた。

「ありがとうよ」

頭を下げる禎次郎に、へへっと勘介が笑った。

「さあ、やりましょう」

雪蔵がたすきをきりりと結んだ。


上野の屋敷にあらかたの荷物が運び込まれた。

広い庭には、空になった二台の荷車が放置された。

「八丁堀よりも広いな」

父の栄之助が天井を見上げて微笑む。

「はい、それにずいぶんと新しくてきれいです」

五月も頷く。が、その間に母滝乃が割って入った。

「広ければ掃除が大変、新しいと汚れや傷が目立ちます。おのおの、気を引き締めてお過ごしなされ」

「はい」

皆の声が揃う。

「婿殿」

滝乃がくるりと禎次郎に向いた。

「今度は小柄《こづか》など投げて、傷をつけてはなりませんよ」

「はっ」

頭を下げて、禎次郎はそそくさと縁側に出て行く。

荷車から移された荷物が、まだ縁側に並べられたままだ。雪蔵と勘介が紐《ひも》や縄をほどいているが、さすがに疲れが出たらしく、動作も緩い。

「ああ、もういい。あとはおいおいやるから」

禎次郎はどっかと腰を下ろすと、二人に頭を下げた。

「いや、本当に助かった。改めて礼をいう」

「いえ、なに」

「いいんですよ、旦那」

雪蔵と勘介が手を振る。と、雪蔵が首を伸ばして、庭を見た。

「あ、旦那、あれ」

庭に風呂敷包みを抱えたふたりの女が入って来る。前を歩いているのは、よく飯を食べに行く煮売り屋のおとせだ。

「おとせさんですよ」

「ほんとだ」勘介が首を伸ばす。「もうひとりは誰だ」

「あぁ、おきくさんだ」

禎次郎が腰を浮かせた。殺された長吉の女房おきくが、背に赤子を背負っておとせのあとを付いて来る。

縁側まで来ると、おとせはにっこりと笑って、手にした風呂敷包みを差し出した。

「はい、旦那、夕餉の足しにと思って、握り飯と煮物を持って来ましたよ。家移り当日は、なにかと不便だろうと思ってさ」

おきくもそっと包みを差し出す。

「青菜の浅漬けです」

「ああ、こりゃ、ありがたい」

禎次郎はそれらを受け取りながら、おきくが長吉の女房であることを、雪蔵等に説明した。

「ああ、あのときの……御愁傷《ごしゅうしょう》なことでしたね」

雪蔵の言葉に、おとせが進み出た。

「それでね、旦那に働き口はないかって訊かれたから、知り合いの団子茶屋に話しに行ったのさ。赤ん坊を産んだばかりのお内儀《かみ》さんがお乳が出なくて、乳母《めのと》をほしがっていたからね。そいで話をしたら、そりゃすぐにでも来てほしいってことになって、そのまま根津の長屋に迎えに行っちまったんだよ。渡りに船ってのは、こういうのをいうんだねえ」

「ほお、そりゃよかった、おとせさん、ありがとうよ」

禎次郎の笑顔に、おとせも笑みを作る。

「いいんですよ、それでね、今日が旦那の家移りだって話をしたら、おきくちゃんも来たいっていうもんだから、連れて来たんですよ、ね」

おとせが振り向くと、おきくもおずおずと進み出て頷いた。

「はい、なんだかよくわからなかったけど、巻田様からのお話って聞いたから、ついて行ったんです。したら、その日から住み込みで、よくしてもらって……お礼をいわなくちゃとずっと思ってたんです」

おきくが深々と頭を下げる。その動きに驚いたのか、背中の赤子が泣き声を上げた。

「ああ、よしよし」おとせが背を撫でる。「おきくちゃんはお乳の出がいいんだってさ。団子茶屋の米吉《よねきち》さんも大喜びしてるよ」

「はい、毎日、ご飯もいっぱい食べさせてもらって、ますますお乳が出るようになりました」

おきくがうれしそうに微笑む。長屋にいたときにはほつれていた髪もきれいに結われ、白かった頰も赤味が差している。

「そうか、そいつはよかったなあ」

禎次郎は胡座のまま、身体を揺らした。

「どこの団子茶屋だい」

雪蔵の問いにおとせが答える。

「湯島《ゆしま》の天神茶屋《てんじんぢゃや》さ。あそこは儲かって長屋まで持ってるからね、乳母を置くくらい朝飯前ってとこだね」

「ほう」

「そいつはいいや」

にぎやかに言葉を交わす縁側に、奥の座敷から足音が近づいて来た。

滝乃に栄之助、五月の三人が禎次郎のうしろに並ぶと、庭に立つおとせとおきくを見た。

「婿殿、どなたです」

滝乃の問いに禎次郎は二人を指さした。

「ああ、おとせさんとおきくさんです。おとせさんはよく飯を食べに行く煮売り屋をやっているお人で、おきくさんは……」

言葉が自然に止まった。亭主が殺された話など、おきくはされたくないだろう。

「ええっと、まあその、おきくさんはおとせさんの友のようなものです」

おとせは巻田家の皆に向かって腰を折る。

「巻田様にはいつもお世話になっております。前にこちらに住まわれていた真崎様にも、なにかとごひいきにしていただいてたんですよ。近くのよしみ、ぜび、お寄りくださいまし」

禎次郎は受け取った風呂敷包みを掲げる。

「握り飯と煮物をもらったのです。おとせさんの煮物はうまいんですよ」

「ほう、それはかたじけない。台所が片付いていないからな、助かるというものだ」

栄之助が眼を細めて礼をいう。が、滝乃と五月は黙ったままだ。その冷ややかな佇《たたず》まいに、おとせは肩をすくめて会釈をした。

「では、お忙しいでしょうからこれで失礼を」

踵《きびす》を返しながら、おきくにもそれを促す。が、おきくは禎次郎に向かって、一歩進み出た。

「あの、あたし、話したいことがあるんです」

意外な大声に、背中の赤子が静まりかけていた泣き声を大きくする。

おとせは、おきくの意外な態度に驚いて、腕を引っ張った。

「あらまあ、でも、今日は家移りでお忙しいから、またの日になさいな」

「ああ、そうだな」禎次郎も頷いた。「おれも話があるから、そのうちに天神茶屋に行こう。そのときにゆっくり聞くからな」

はい、とおきくがうしろに下がる。

さっ、とその腕をおとせが引いた。

去って行く二人の女を、滝乃と五月がなにもいわないままに見送った。

四

朝の炊きたてのご飯を、禎次郎は頬張る。

昨日の家移りで一日、動いたせいで、起きたときから空腹だった。熱いご飯とあさりの味噌汁が、腹に染みわたる。

小鉢には、昨日、おとせが持って来てくれた切り干し大根の残りが盛られていた。それを口に頬張ると、甘辛い汁がじわりと舌ににじんだ。禎次郎は皆の顔を見る。

「ね、おとせさんの煮物はうまいでしょう」

うほん、と父の栄之助が直ちに咳払いをした。

「ああ、我が家の煮物よりは数段落ちるが、なかなかだな」

面持ちを変えない妻と娘をちらりと見ながら、禎次郎に目配せをする。

しまった、そうか……と、禎次郎は口中《こうちゅう》の切り干しを飲み込んだ。よその料理を褒《ほ》めると機嫌が悪くなるということか……。

禎次郎はあわてて、小さく頷くようにして、父に笑顔を向けた。

「いや、もちろん、うちの切り干しが一番です。ところで、腰は大丈夫ですか」

「ああ、幸い無事だった。いや、それも新吾殿や雪蔵さん達が手伝ってくれたおかげだな、ありがたいことだ」

はっはっはっと、大仰《おおぎょう》に笑う。

「婿殿」

表情を変えないままに、滝乃が口を開いた。

「出仕の前に水を甕《かめ》に汲《く》んでおいてくださいね」

「はいっ」

禎次郎は背筋を伸ばした。

水桶《みずおけ》を持って、禎次郎は外の井戸へと向かった。

井戸は隣の片倉家と共用だ。

水を汲んでいる禎次郎の足元をなにかがよぎった。小さな黄色いものが庭の隅へと走って行く。

「おや、猫だ」

禎次郎は手を止めると、眼を細めてそのあとを追った。ちっちっと舌を鳴らすと、猫は一瞬、振り返ったが、そのまま庭の奥へと姿を消した。禎次郎の足がそこで止まる。小さな家が、そこにあった。

「なんだ、離れか」

禎次郎はその一軒家を眺めた。窓には簾《すだれ》がかけられているが、中に動くような気配があった。

人がいるんだろうか……そう思いながら近づくと、簾の向こうの障子がぴしゃりと閉められた。簾が揺れる。

あわてて身を引き、禎次郎はそこを離れる。振り返りながらも、庭を戻って行く。と、その足が止まった。庭の片隅に目が釘付けになったのだ。

「こりゃ、的《まと》じゃないか」

木の幹に、古畳が立てかけられている。その表には墨で丸い円が三重に描かれており、中心には黒々とした丸がある。

前にいた真崎殿が弓の稽古でもしていたんだろうか……そう思いながら、禎次郎は畳に手を当てた。あちらこちらに穴が開いている。

そうだ、とぽんと手を打つ。こりゃいい、そのうちに使わせてもらおう……。

笑顔になって、禎次郎は井戸へと戻った。と、そこに片倉の姿があった。濡れ手拭いで、首を拭っている。

「おはようございます」

禎次郎は会釈をしながら、頭をうしろへ巡らせた。

「奥に離れがあるんですね、御家族が使われているんですか」

「ああ……」

片倉は眉を寄せると、声を低めた。

「あそこには近づかんほうがいい、厄介な浪人者が住んでおるのだ」

「浪人者……」

「そうだ、前に話しただろう、ここは商家の別宅だったと。土地はまだそこが持っていてな、町奉行所で借り上げたのだ。だが、離れの浪人は別宅だった頃からいたらしくてな、おおかた、用心棒代わりにしていたのであろう。浪人は十年の約束で借りたのだから立ち退かん、と言い張ってな、そのままいるのだ」

「はあ、そうでしたか」

「うむ、偏屈で嫌な男だから、関わらないのが一番だぞ」

はあ、と禎次郎は首を伸ばして、離れのほうを見つつ頷く。

離れの簾が、また揺れたように見えた。

第三章　首吊り志願

一

家移りからまたたく間に十日ほどが経ち、荷物もそれぞれの場所に収まった。

非番の禎次郎はゆっくりと水汲みを終え、身支度を調えはじめる。

「お出かけですか」

はたきを手にした五月が、廊下から顔を覗かせる。

「ああ、ちょっと出かけてくる」

横目で頷くと、五月がなにやら口を動かしているように見えた。家移りしてから、五月はどことなく機嫌が悪い。忙しいせいだろう、と禎次郎は気にしていなかったが、今日はとりわけ目がきつく見えた。

「どうした」

夫の問いに、五月ははたきを握り締めるとくぐもった声を返した。

「あのおきくとかいう女《おなご》のところに行くのですか」

「ああ」禎次郎は帯を締めながら頷く。「いろいろと聞きたいことがあってな」

「あの赤子は……男《おのこ》ですか」

「ああ、そうだ、まだ八ヶ月、いやもう九ヶ月になったか」

禎次郎が笑顔で答えると、五月はくるりと背を向けた。そのまま足音が遠ざかっていく。

赤子が気になるのか……禎次郎はふっと息を吐いた。


天神茶屋は湯島の坂上にあった。

湯島天神に参詣《さんけい》する人々がひっきりなしに行き交う道で、店先は客でにぎわっている。その誰もが団子を頬張っていた。

店の裏が住まいになっており、禎次郎は愛想のよい主に奥に通された。

「さあ、どうぞどうぞ。おきくが来てくれたおかげで、うちの子も丸々と肥えて、いや、本当にありがとうございました」

主は団子が山ほど盛られた皿を置いていった。

おきくは二人の赤子を両脇に置いて、改めて禎次郎に礼をいう。

「おかげさまで……」

「いや、いいんだ。それよりなんだい、話したいことっていうのは」

禎次郎が首をかしげると、おきくは顔を上げた。

「はい……ここに来て落ち着いたら、だんだんと気になってきたんです。うちの人はどうして殺されたんだろうって。陰富やってたっていうのも知らなかったし、あたし、なにも知らなかったのかもしれない。殺されるほど悪いことをしてたんでしょうか」

「ああ、その辺をおれも聞きたかったんだ。長吉さん、どれくらい儲かっていたのか、気になってな。どうだった、稼ぎは」

「稼ぎって……あたしは茶碗売りの稼ぎだとばかり思ってけど、大したもんじゃありませんでした。そりゃ、前よりはよくなったけど、この子の産着《うぶぎ》を買えば、残りゃしなかったし」

「そうか」

禎次郎は腕を組む。ならば、高額の陰富をやっていたわけではないんだな……。

「まあ、それならば、気にすることはあるまいよ。ちょっとしたいざこざか、いや、それどころか、悪いやつに懐を狙われただけかもしれないんだ。長吉さんはそれほどの悪人じゃなかろう」

「そうならいいけど……」おきくはすやすやと眠る我が子を撫でる。「この子が大きくなったときに、お父っつぁんのことをなんて話せばいいか……」

「そうさな……だが、まあ、信じてやることだ。おれは公事方《くじかた》吟味役の仕事をしていたからな、毎日、さまざまな訴えごとを見てきたんだ。それでわかったのは、悪人の敵は二つしかないってことだ」

「悪人の敵……」

「ああ、悪い者の敵は同じように悪い者、それか正しい者だ。同じものを奪い合う悪人は敵になるし、悪を正そうとする者も敵になる。そのどっちかだけで、中途の者は敵にはならない。長吉さんは少なくとも悪人じゃないだろうよ」

はあ、とおきくはわかったようなわからないような顔で頷く。

「そうならいいですけど……」

おきくは手を伸ばして、そっと我が子を抱き上げる。乳の甘い香りが、禎次郎の鼻《び》腔《こう》にも漂ってきた。

さて、と禎次郎は立ち上がる。

次の富突きの日も近い。それでなにか手がかりがつかめるかもしれない……そう、考えて、腹を据える。

「そういや、その子の名はなんというんだい」

禎次郎が赤子を見下ろして問うと、おきくは子の顔を上に向けた。

「太郎吉《たろきち》です」

「そうかい」禎次郎は小さな顔を覗き込む。「元気に育てよ」

おきくは微笑むと、太郎吉を高く掲げた。


「御富〜、百番〜、ろのぉ〜二千七百……」

富突きの日。

感応寺にまた人が押しかけ、最後の百番の突きとともに散って行った。

がっくりとうなだれた人々が、ぞろぞろと上野の坂を下りていく。

禎次郎は不忍池の畔で、帰り行く人々を見つめた。足元は、先月、長吉が倒れていた場所だ。

怪しい者が通らないか、と禎次郎は腕組みをして人の流れを見つめる。

陰富売り、物盗り、掏摸……長吉殺しにつながりそうな男を思い描きながら、通り過ぎる者の風体を眺める。

「や、これは巻田殿」

そういって立ち止まったのは、反対側からやって来た片倉だった。

「このようなところでなにをしておるのか」

あ、と禎次郎は腕をほどいた。

「いえ、長吉殺しの手がかりがつかめないかと思いまして……」

「長吉殺しとな」片倉の眉が歪む。「あれは定町廻りに伝えたであろう」

「あ、はい」

「ならば、もうよい。殺しの探索は山同心の職分ではないぞ」

「はあ、確かに……」

頷く禎次郎の鼻先に、片倉は指を立てる。

「手柄を立てようとでも思うたか。さればいうておくが、余計なことをするではない。余計なことをして失敗すれば、筆頭であるわたしまでお咎めを受けるのだぞ。役人は与えられた職分だけを全《まっと》うすればよいのだ」

「はい」

恐縮する禎次郎に、片倉はふんと鼻を鳴らした。

「まったく……」

ぶつぶつとつぶやきながら、腕を振って去って行く。

禎次郎は肩をすくめて、それを見送った。

二

山の木々から蟬時雨《せみしぐれ》が降り注いでくる。

禎次郎は日射しを避けて、木陰に逃げ込んだ。陽も傾き、残暑の鋭い光が斜めから差し込んでくる。日陰から、禎次郎は根本中堂《こんぽんちゅうどう》を出て、山を降りて行く人々を眺めていた。

その目がある一行に止まった。初老の武士のあとを供侍二人が付いて歩く。先頭の武士は田沼主殿頭意次《たぬまとものかみおきつぐ》だ。

そうか、今日は二十日だったな、と禎次郎は得心した。

二十日は八代将軍吉宗《よしむね》の月命日だ。昼過ぎには恒例となっている老中《ろうじゅう》の参拝もあった。

田沼は奥の廟所に行くに違いない。

山の北奥、高い塀で囲まれた徳川家の廟所の中には、家綱《いえつな》、綱吉《つなよし》、吉宗らの御霊屋《おたまや》があり、正室や側室などの墓所もある。

四月に、禎次郎が通りかかったとき、田沼は塀の外から手を合わせていた。田沼意次とも知らずに奥への参拝を促すと、忍びの参拝であるからここでよいのだと、と穏やかな答えが返ってきた。気さくな人柄に、つい軽口などをいったことも脳裏に甦り、禎次郎は身を竦《すく》ませる。

ふと、田沼の目がこちらを捉えたような気がした。

禎次郎は姿勢を正して、頭を下げる。

五月、百姓の直訴《じきそ》を止める振りをして、禎次郎は直訴状を田沼に差し出した。それを、田沼は受け取ってくれたことを思い出す。その後、直訴された国の役人は裁かれ、百姓も死罪になることなく、始末がついた。田沼の采配であることを禎次郎は確信している。

だが、それ以来、顔を合わせたことはない。

頭を上げると、田沼の姿はすでに背中を見せ、遠ざかりつつあった。

下手《へた》に関わるまい、と禎次郎は思う。田沼は将軍の側用人《そばようにん》であり、相良藩《さがらはん》藩主の城持ち大名だ。こちらの名まで覚えてくれたものの、身分の違いはあまりに大きく、縁を感じることすらおこがましいと感じる。

禎次郎は木陰から出て、歩き出した。

夕刻になったためか、参拝客らも皆、山を下りはじめている。

それぞれに散って見廻りをしていた中間《ちゅうげん》の岩吉が、坂の下から上って来た。

「あ、旦那」

岩吉は大きな体をもてあますように、手拭いで首の汗を拭う。

「暑いですね」

「ああ、まったくだ。まだしばらくは残暑がつづくと思うと参るな」

「へい」

二人は並んで歩き出す。

禎次郎はふと、その足を止めた。人が走って来る足音が響いたためだ。武士がまっすぐにこちらに向かってくる。

「巻田殿か」

それは先ほど田沼意次のあとに付いていた供侍だった。

「はい」

向き直った禎次郎に、供侍は指で山の北を指す。

「殿がお呼びだ、来てくれ」そういいながら、侍は岩吉を見上げた。「ちょうどよい、人手もいるのだ」

来た方向へ急いで戻る侍のあとを、禎次郎も走り出す。

「一緒に来い」

そう顎で示すと、岩吉も頷いて走り出した。

山の奥まで行くと、その先は厠所の塀だ。その周囲には木立が拡がっている。その木の下に、田沼の姿があった。もうひとりの供侍も横に並んでいる。その足元にあるものを、隠すように立っていた。

お辞儀をしながら、禎次郎は近づく。と、その足元のものの正体がわかった。男が地面に横たわっているのだ。

「えっ」

思わず声が洩れた。男の首に紐が巻き付いている。

田沼は枝を見上げて、眉を寄せた。

「この者が首を吊ろうとしていたのだ。そこの切り株から、ちょうど足を離したところだったのでな、紐を切らせたのよ」

供侍の手には、白い紐が握られている。

禎次郎は身をかがめて、男のようすを見つめた。横向きの顔はやや白いが、胸が上下し、生きていることがわかる。中年の町人だ。

横から田沼が首を伸ばし、声をひそめていった。

「寺侍や僧侶らに見つかると、お山を汚したといって騒ぎになる。どこかに運んでくれまいか」

「はい」

禎次郎は男の上体を抱えて起こした。

「あ……」

その顔を見て声が洩れ、岩吉もそれに続いた。

「紅屋の主じゃねえですかい」

「知っておるのか」

田沼の問いに、禎次郎は頷く。

「日本橋の小間物屋、紅屋の徳兵衛という人です。なんでまた……」

そういいつつ、禎次郎はしゃがんで背を見せた岩吉に、徳兵衛の身体を預けた。岩吉はひょいと背負って立ち上がる。

禎次郎は谷中に続く門を示して、田沼を見た。

「知っている寺があるので、そこに連れて行きます」

「そうか、頼んだぞ」

「はい」

歩き出した禎次郎に、田沼の声が追った。

「いや待て、わたしも行こう」


谷中には寺の山門が並ぶ。そのなかの一つ、桃源院《とうげんいん》の門をくぐろうとすると、中から出て来た巨体にぶつかりそうになった。

「流雲和尚《りゅううんおしょう》」

寛永寺の僧だ。その足元には小坊主の春童《しゅんどう》もいた。

「おや、山同心の巻田禎次郎か」

流雲は目を見開きながら、傍らの岩吉と背負われた男にも目を向ける。

「どうした」

「はい、実は首吊りをしたところを助けられて、ここで寝かせてもらおうと連れて来たんです。一炊《いっすい》和尚はいますか」

「ああ、おるぞ、さあ、運べ」

流雲は踵を返すと、庫裏《くり》へと先に立つ。

「おおい、一炊、山同心が来たぞ、厄介《やっかい》ごとを担いでな」

庫裏の戸が開く。

供侍を外に残して、一行は庫裏の奥へと上がり込んだ。

徳兵衛を布団に横たえると、禎次郎は岩吉にいった。

「紅屋を知っているといってたな。ひとっ走り行って、家の者を呼んで来てくれ」

「へい」

岩吉は外へと走って行く。

桃源院の住職である一炊は、紐の跡のついた徳兵衛の首筋を見つめた。

「首を吊りおったのか、阿呆《あほう》め」

そういいつつ、その首や顔に手を当てる。医術の心得がある一炊は、瞼《まぶた》を開いて覗き込んだ。

「ふむ、大事ない」

擦《す》るような足音を立てて、小坊主の春童が入って来る。

「はい、和尚様、仰《おお》せのとおり冷たい井戸の水です」

小さな手で水桶を差し出す。一炊は手拭いを水に浸すと、それを徳兵衛の喉にひたりと載せた。

ぴくりと徳兵衛の瞼が動き、続いて喉が震える。と、それが咳となった。

「ふむ、気がついたな」

徳兵衛の目が開いた。

「見えるか」

覗き込む一炊に驚いて、徳兵衛が上体を起こした。

咳き込みながらも、徳兵衛はまわりを見まわす。と、自分のしたことを思い出したのか、あわてて首に手を当てた。

禎次郎はちらりと田沼を見つつ、徳兵衛にいった。

「こちらのお武家様が助けてくださったんだ」

呆然と田沼の姿を見る徳兵衛を、禎次郎は覗き込む。

「徳兵衛さん、おれは前の富突きの日に感応寺で会ったんだが、覚えているかい」

徳兵衛はぼんやりと頷く。

「富くじをやったのか」

流雲が溜息を吐《つ》くと、傍らの春童がすかさずつぶやいた。

「富くじのひきさいてある首括《くびく》り、ですね」

「これっ」

流雲がその頭をぽんと打つ。

田沼が失笑した。

「それは川柳《せんりゅう》か」

はい、と春童が小さくなって頷くと、流雲が眉を寄せた。

「まだお経も唱えられんのに、つまらんことばかり覚えよる。小坊主は俗世のことなど知らんでもいい。心を汚すばかりだ」

「まったくのう」一炊も溜息を吐く。「富くじに熱を入れて身を持ち崩す者がおるなど、世も末じゃわい」

ちらりと田沼を見る一炊に、禎次郎ははらはらとしつつ双方を見比べた。一炊も流雲も、寛永寺の参拝に将軍の供として訪れている田沼意次を知らないはずはない。承知の上で、御免くじを許している公儀を皮肉っているのだろう。

「いいえ……」

そこにかすれた声を挟んだのは、黙りこくっていた徳兵衛だった。

「あたしは富くじに入れ込んだわけじゃありません。大金が入り用になって、しかたなく手を出したんです」

「ほう」田沼が腕を組む。「どのような事情か、聞かせてくれまいか。そのほうを助けたのも縁であろうからな」

徳兵衛は、はぁと肩を落とすと、その口をゆっくりと開いた。

「ことのはじまりは……去年の暮れのことです。上方《かみがた》から来た小間物問屋が、いい珊《さん》瑚玉《ごだま》が手に入るからといいまして、まとめて百両のところを特別に八十五両でいいというもんで、まあ、買うことにして払ったんです。ちゃんと証文を交わして、年明けに届けてくれるということで……」

徳兵衛は背中を丸めると、声を落とした。

「そうしたら、年明けに問屋の手代がやって来て、見本だといって、珊瑚玉をひとつ、納めてくれました。大層な上物《じょうもの》でこれはいい商いだとうれしくなりました。で、先方はせっかく上方から船で運ぶんだから、珊瑚玉だけじゃあ船賃がもったいない。真《しん》珠玉《じゅだま》と鼈甲《べっこう》も買わないか、というんです」

ほう、と皆がその口元を見つめる。徳兵衛の声はますますくぐもった。

「本当ならば二百両のところ、百六十両でいいというもので……」

「買ったのか」

流雲の言葉に、禎次郎もつなげる。

「しかし、ふつうは品物を受け取ってから金を払うのが筋じゃないか。手付け金くらいは払うにしても、だ」

はあ、と徳兵衛の首が短くなる。

「ですが、相手は漁師から買い取るのに金が要《い》るというし、証文をちゃんと用意してきまして、そこには堺《さかい》の町の名もお店の名もきっちりと……」

「しかし、品は来なかったんだな」

禎次郎の溜息に、徳兵衛は顔を上げた。

「はい、年が明けていつまで待っても来ませんで、心配になったんで、堺に人をやったら、そんなお店はない、と……」

「騙《かた》りだったか」

禎次郎の言葉に、徳兵衛は拳を握った。

「へえ、けれど、お奉行所に行っても取り上げてもらえませんでした」

以前、公事方吟味役に就いていた禎次郎は、首を振った。

「残念だが、相手がどこの誰かがわからないんじゃ、取り上げようがないな。公事は、訴える相手がいなければ、お白州《しらす》を開くこともできないからな」

徳兵衛は拳で自分の膝を打った。

「まさか、全部が嘘だとは……せめて途中で気がつけばよかったものを……」

一炊が顎を撫でる。

「ふうむ、それで富くじに手を出したというわけじゃな」

徳兵衛は頷く。

「蔵にある金をほとんど出してしまったので、ほかの支払いができなくなってしまって……奉公人の給金も払えなくなったために、急場しのぎに金貸しのところに行って……そうしたら今度は金貸しに、返せないなら店を売れといわれて……」

禎次郎の脳裏に、感応寺で印違いの当たりだと騒いでいた徳兵衛の姿が甦った。

「それで富くじにあれほど熱心になっていたのか。しかし、外れた……そして、今回もまた外れた、というわけか」

「それが……」徳兵衛がまた肩をすくめる。「このたびの富は陰をやったんです」

「陰富かい」

「はい。前の御免富のときに、帰ろうとしたら、若い男に声をかけられて……こういわれまして……」

「旦那、金がご入り用のようですね。次の富はあっしのところでやりませんか」

「どういうことかね」

「御免富だと、当たっても三割は御志納だ手間賃だととられちまう。あっしのところの富は、全部払いますぜ。それに、百両のほかに、五十両が三本もある。あとは三十両や二十両も五本ずつだ。御免富よりもよっぽど当たる率がいいってことでさ」

「それは陰富っていうことかい」

「まあ、早い話はね。けど、うちのは、ほかでやってる七文八文当たるようなちんけなものじゃねえんで。その分、一枚の値段はちと張りますがね」

「いくらなんだい」

「一枚一両。十枚一口で売ります。なあに、御免富だって四枚買えば一両だ。もらう金を考えれば、安いもんでさ」

「十両……」

「旦那、日本橋の紅屋さんでしょう。あとでゆっくりと説明に行きやすよ」

「とまあ、そういわれて……」

徳兵衛はそのときのようすを語り終えて、うなだれた。

「本当にあるのか」

禎次郎は身を乗り出した。

「本当に、とはどういう意味か」

田沼の問いに、禎次郎は頷く。

「はい、そういう高額の陰富があると、小耳に挟んではいたんです。されど、これまで噂程度の話しか得られずにいまして……」

「ほう、ここに証人がいた、というわけだな」

「はい」

頷きつつ、禎次郎は腕を組んだ。

「その陰富は、おそらくごく少人数にしか売らないのでしょう。売る札の数も当然、少ない、と。そもそも御免くじは六千枚、一万枚という枚数を売って、その中から百枚の当たりが出る仕組み。陰富のほうは、ほんの少しの札しか売らないわけですから、当たりもほぼ出ない、ということになるんでしょうね」

「十人に売ったら、百両儲かるから、いい稼ぎになります」春童が指を折って数える。

「頭のいい人ですね」

「こらっ」

流雲の叱り声に、徳兵衛は己が叱られたかのように身を縮めた。

「今になって考えてみれば、そんなうまい話があるわけはない。それなのに、最後の賭《かけ》と思って、二口、なけなしの二十両をそれに……まったく、馬鹿でした」

「いやいや」

一炊は首を振って、徳兵衛を見据えた。

「窮地に追い込まれれば、人は藁《わら》にでもすがってしまうものじゃ。焦ると目の前が暗くなる。遠くも見えず、脇も見えない。すると、考えも狭くなって、ますます窮地に己を追い込んでしまうものよ。それしかないと、思い込んでな」

「そうさな」流雲も顎を引く。「あわてふためくと、どんなにありがたい教えをもらっても、耳がそれを聞けなくなるものだ」

はい、徳兵衛が頷く。

「金次の話に乗るのはやめておけ、といってくれた人もあったのに……それを聞いていれば……」

「その陰富売りは、金次って男だったのかい」

禎次郎は身を乗り出す。どこかで聞いた名だ。

頷く徳兵衛に、ずっと黙って聞いていた田沼が口を開いた。

「それで首を括ろうと思うたのか」

「はい……こんなことはうちの者にはいえません。あたしはもともと婿養子でして……女房や娘に顔向けできませんで……」

徳兵衛の背が丸くなる。

誰もが、その震える肩をじっと見つめた。が、皆の顔が窓に向いた。山門のほうから、人の声や足音が近づいて来るのが、障子越しに伝わってきたためだ。

「ああ、家の人が来たな」

禎次郎の言葉に、徳兵衛が顔を強《こわ》ばらせる。同時に、田沼が腰を上げた。

「では、わたしはこれで去《い》ぬことにしよう」

すたすたと歩む田沼のあとを、禎次郎は庫裏の戸口まで付いて行った。

「面倒をかけたな」

草履《ぞうり》を履《は》いた田沼が振り返る。

「高額の陰富の件、くわしくわかったら知らせてくれ」

禎次郎にそう言い残すと、田沼はぱたぱたと走って来る女達を躱《かわ》すようにして、山門を出て行った。

「おまえさん」

「お父っさん」

女達は徳兵衛を囲んだ。女房に娘が三人だ。

「おうめ……すまない」

徳兵衛は腕をつかんで揺する女房の手を見つめた。

「お父っさん、それ……」

長女のみねが、徳兵衛の首にそっと手を伸ばした。首筋には、赤紫色の紐の跡が残っている。

「首を吊ったっていうのは、本当なの」

ぐっと首を縮める徳兵衛に、娘達がしがみついた。

「どうして、そんなこと」

「お父っさんたら……」

禎次郎はゆっくりと言葉を発した。

「いや、まあ……今、話を聞いたところだったんだが……」

問屋を名乗る男に騙された話を、禎次郎はかいつまんで話す。

「よくある騙《かた》りだ。いい品をひとつ渡して信用させるというのも騙りの手口でな、そこで信用させてさらに嘘を吐《つ》くというのも、騙りをする者がよく使う手だ」

「騙り……」

　女房のおうめはぽかんと口を開ける。

「面目ない」徳兵衛は顔を伏せる。「そのうえに金を……」

　いいにくそうにしている徳兵衛に代わって、禎次郎が口を開く。

「金貸しに金を借りたそうだ。それで、返せないならお店を売れといわれているらしい。まあ、それも金貸しの手口でな、土地やお店を持つ相手には気前よく貸して、それを取り上げるんだ。端《はな》からそっちが目的といってもいい」

「すまない」

　徳兵衛は身をよじると、畳に両手をついた。額をすりつけるほどに深く頭を下げる。

「お店を……」

　おうめは口を開けたまま、夫の丸めた背中を見つめる。

「申し訳ない」その背中が震える。「先代から継いだ身代《しんだい》を潰《つぶ》すようなことをして、おまえ達に合わせる顔がない」

「おまえさん」

　おうめはその背中に手を置いた。

「どうしていってくれなかったんだい」

「こんなこと……いえるものか……おまえ達に知られずになんとかしようと思ったんだ。けれど……どうにもしようがなくなって、死ぬしかなくなった」

背中がぶるぶると震える。

「お父っさん」

末娘が父の手をとる。

「なにいってるんだい、死ぬなんて馬鹿なことを……」

「そうよ」次女も父の肩を揺する。「お店なんか売ったたって、かまいやしない。お父っさんが生きててくれれば、それだけで充分なんだから」

徳兵衛がゆっくりと顔を上げる。と、女房のおうめはその顔を正面から見つめた。

「そうだよ、おまえさん」おうめの目が涙で歪む。「馬鹿だねえ、金がなくなったくらい、死ぬほどのことかい」

「でも、おまえ達に苦労を……」

「苦労がなんだっていうのさ」長女が胸を叩く。「貧乏の苦労なんて、高《たか》が知れてるよ。お父っさんを助けられなかったら、一生、悔やむじゃないか。そっちのほうがよっぽどの苦労じゃないの」

「そうよ。お父っさんが首括るほうが、よっぽどつらいよ」

末娘が父の腕をかき抱く。

「おまえ達……」

徳兵衛の顔から、涙と鼻水がしたたり落ちる。

おうめは改めて、禎次郎や流雲、一炊らの顔を見て微笑んだ。

「この人は、手代をしていた頃から、素直で純朴だったんですよ。それをあたしの父が見込んで、婿になってもらったんです。こういう人だから、騙されたんでしょう。いい人は利用されやすいっていいますからねえ。けど、騙されたんなら、恥ずかしくありません。恥を知らなきゃならないのは、騙したほうですよ」

胸を張るおうめに、徳兵衛の顔がさらに濡れる。

「みんなで長屋暮らしをすればいいのよ。あたし、一度してみたかったの」

末娘が笑うと、次女も微笑んだ。

「そうね、おもしろそうだわ。それにお父っさん、あたし、三味線《しゃみせん》を教えるわ」

「あら、そうよね、じゃ、あたしは着物の仕立てをするわ」

長女も笑顔になる。

「ふむふむ」一炊が頷く。「皆で働けば、なんとかなるもんじゃわい。これで終わりなどと、生きることを放擲《ほうてき》するのがもっとも愚かなことじゃぞ」

「そうよ」流雲は大きな手で膝を打つ。「神君家康《いえやす》公もこう言い残されておるではないか。人の一生は重き荷を負うて行くが如《ごと》し、急ぐべからず。不自由を常と思えば不足なし、とな」

徳兵衛は鼻水をすすりながら、流雲の口元を見つめた。

「急ぐべからず……」

「そういうことよ」

流雲が頷く。

禎次郎も頬を弛めて、ほっと肩の力を抜いた。と、懐から豆絞《まめしぼ》りの手拭いを出して、それを徳兵衛に差し出した。

「帰り道はこいつを首に巻くといい。よれた手拭いですまないがな」

「へい」

徳兵衛は首筋の痣《あざ》を押さえながら、手拭いを握り締めた。

三

熱いしじみの味噌汁を、禎次郎はふうと吹いた。非番の朝はゆっくりとできるのがいい。

　箸で茄子の煮浸《にびた》しを切りながら、禎次郎はちらりと傍らの妻五月の顔を見た。ここに移って以来、煮物が増えた気がする。おとせさんの煮物はうまい、といったのを未だに根に持っているんだろうか。どことなく機嫌が悪いのも、そのせいか……。そう忖度《そんたく》しつつ、禎次郎は目を斜め向かいの母滝乃に向けた。心の中に、昨日見た、紅屋徳兵衛の家族の姿が浮かんでいた。

　おれも首を括ろうとしたら、あんなふうに止めてもらえるんだろうか……。

　滝乃の目がこちらに向く。

「なんです、人が食しているところをじろじろと。非礼ですよ」

「はい、すみません」

　禎次郎は胸の中で失笑した。きっとこういわれるだろうな。やるのならしくじってはなりませんぞ……。

「婿殿」

　滝乃が声を改める。

「はい」

　背筋を伸ばす禎次郎に、滝乃は続ける。

「この近くに、古着屋と古道具屋はありませんか。要らぬ物をまとめて持って行こうと思います」

「えっ」

声を上げたのは父の栄之助だった。

「風呂敷に包んでいたのは、それか。しかし、擦り切れた夜着や欠けた壺《つぼ》まで入れていたではないか。いくらなんでも、あれはがらくただろう」

「よいのです。あれとて、世に出せば誰ぞの役に立つはず。それに、この辺りには顔見知りはいませんから、がらくたであろうと憚《はばか》ることはありません」

なるほど、と禎次郎は腑《ふ》に落ちる。八丁堀界隈《かいわい》で売りに行けば、誰に見られるかもしれない。だが、この辺は知らぬ者ばかりだから、見られても恥ずかしくはない。熟慮の末、とはこういうことか……。

納得しつつ、禎次郎は笑顔を向けた。

「おれは知りませんが、聞いてみます。雪蔵は世に通じていますから、おそらく知っているでしょう」

「では、お願い致しますよ」

滝乃はくいと顎を上げた。

懐に布の小さな包みを入れて、禎次郎は庭に出た。

先日見つけた、古畳の的《まと》の前に行く。

よし、これなら好きなだけ投げられるぞ。そうつぶやきながら、手にした包みを開いた。中は細い袋が並んでおり、それぞれに小柄が入っている。一本を抜くと、禎次郎はそれを的に向かって投げた。

空を切る音が鳴って、小柄が刺さる。が、的の中心からはずれた。

姿勢を正して、声を放つ。

「えいっ」

二本目は少し、中心に近づく。と、禎次郎は顔をそらした。なにか音がしたように感じたためだ。

奥の離れの簾が揺れていた。中で人の気配が動いたようにも見える。「偏屈で嫌な浪人」が住んでいる、という片倉の言葉を思い出した。

うるさかったんだろうか……そう考えて禎次郎は声を抑えた。

小柄を次々に投げていく。当たったり外れたりしながら、畳に突き刺さっていく。

七本のすべてを投げ終えると、的まで取りに行って戻る。

こりゃいい、思い切り投げられるぞ……胸の中でほくそ笑んだ。

再び的の前で姿勢を正したときだった。足元に走って来る影があった。影は行き過ぎて立ち止まると、戻って来て足にすり寄った。

「ほう、このあいだの猫か」

禎次郎は茶色の縞模様の猫を抱き上げる。と、同時に声が飛んだ。

「虎吉《とらきち》、戻れ」

驚いて見る禎次郎に向かって、男が走って来る。禎次郎は猫を抱いて、後ずさる。男は威嚇《いかく》するような目で、猫と禎次郎を交互に見つめた。

「ああ」禎次郎はあわてて猫を差し出す。「そちらの猫でしたか。すみません、懐《なつ》っこかったもので」

男は目つきを少し和《やわ》らげると、うほんと咳払いをした。きまりの悪さを隠すように、神妙に猫を受け取る。

「いや、こちらこそ、御無礼を致した。猫を蹴飛ばす御仁もあるため、つい気を張ってしまったのだ」

男はちらりと片倉の屋敷を見る。

そうか……片倉は寛永寺に迷い込んだ犬も、いつも蹴飛ばして追い出す。禎次郎は腑に落ちて笑顔になると、男に向かって姿勢を正した。

「わたしはこのたび、こちらに家移りして来た巻田禎次郎と申す者。御挨拶が遅れましたが、お見知りおきを」

男は虎吉を下に下ろすと、やはり姿勢を正した。

「拙者、近野平四郎《こんのへいしろう》と申す。ただ今は浪人の身でござる」

くきっと腰を曲げて、礼をする。

なにやら時代がかったようすにうろたえながらも、「はあ、よろしく」と、禎次郎は頭を下げた。古武士のような佇まいだが、歳は二、三歳上くらいにしか見えない。

その古武士風の平四郎は、禎次郎の懐からのぞく包みに目を留めた。

「先ほど、目に入ったのだが、貴殿、小柄を投げておられたか」

「ああ、はい」

禎次郎は小柄入れを拡げて見せる。と、ともに、はっと気がついて平四郎を見た。

「あ、もしかしたらあの的は近野殿の的ですか」

「うむ、さよう」

平四郎は小柄見つめながら、頷く。

「ああ、それは申し訳ありませんでした、勝手に使ってしまって」

平四郎は上目で禎次郎を見る。

「貴殿、猫は好きか」

唐突《とうとつ》な問いに、禎次郎は瞬きしつつ頷く。

「は…ああ、ええ。猫も犬も、子供の頃はよく拾いました」

「ふむ。武士というは、日々、命を懸けて渡り合うもの。どのような命であっても、決して軽んじてはならぬ。武士《もののふ》の心得として、拙者、そのように弁《わきま》えておる」

はあ……と禎次郎は曖昧《あいまい》に頷く。戦国の世でもあるまいに、今どき、真剣に命のやりとりをする武士などおるまいよ……と思うが、それは呑み込んだ。

「見てもよいか」

手を伸ばす平四郎に、禎次郎は小柄を次々に抜いて見せた。

「それぞれ、違う小柄ではないか」

小柄を見つめて、平四郎は眉を寄せる。

「はい、少しずつ集めたものなので」

「少し、待たれよ」

平四郎はくるりと背を向けると、離れへと戻って行った。が、すぐに戻ると、茶色の皮の包みを禎次郎に示した。紐を解いて拡げると、中はやはり袋状になっている。

六本の棒が納められており、平四郎はそのうちの一本を抜き取った。鉄の細い棒は先が鋭く尖っている。

「棒手裏剣《ぼうしゅりけん》だ」

長さ六寸（約一八センチ）足らずの棒は角形で、先端の三分の一ほどが鋭い刃になっている。剣尾のほうもやや細い。

平四郎はそれを掌に縦に納めた。そのまま的に向くと、手を勢いよく下ろした。棒手裏剣が空を切って、的に飛んで行く。その中心に、突き刺さった。

「ほおっ、お見事」

禎次郎が思わず声を放つ。

「貴殿、棒手裏剣を使ったことはござらぬか」

「はい、見るのも初めてです。おれの通っていた道場は手裏剣はやっていなかったので……いや、見事なものですね」

「香取神道流《かとりしんとうりゅう》でござる。棒手裏剣は武術の基本たるものの一つ。かの宮本武蔵《みやもとむさし》や由《ゆ》井正雪《いしょうせつ》も、棒手裏剣の名手であったといわれておる」

「へえ、そうなんですか。こりゃ、小柄よりもよさそうですね」

「無論だ、命中率が違う。小柄は平たいし、大きいし、無駄が多い。そもそも形の違う小柄を使ったのでは、打ち方が安定せぬではないか」

「ああ、はい、いわれてみれば……触ってもいいですか」

「かまわぬ、試しに打ってみてもよいぞ」

平四郎がうしろに引く。

禎次郎は掌に縦に納めると、その腕を振り上げた。

「えいっ」

禎次郎の手から離れ、棒手裏剣が飛ぶ。が、的から大きく外れて斜めに刺さった。

ああぁ、と禎次郎は肩を落とす。

「むずかしいものですね」

「うむ、一朝一夕《いっちょういっせき》で身につくものではござらぬ。されど……」

平四郎は的に刺さった棒手裏剣を見た。

「貴殿に修業をする気があるのなら、あの一本を貸して進ぜよう。的も好きに使ってかまわぬ」

「え、本当ですか」

うむ、と平四郎は頷く。

「昨今、武術をおろそかにする武士が増えたのは実に嘆かわしい限り。継承する者があれば、伝えるのも武術家の務めと心得る。とりあえず、手に馴らしてみられるがよかろう」

「はい」

「また、後日、見に参る」

くるりと向けた平四郎の背に、禎次郎は頭を下げた。

「ありがとうございます」

隠れていたらしい猫の虎吉が、平四郎のあとを追って行った。

第四章　棒手裏剣《ぼうしゅりけん》、打つ

一

昼九つの鐘の音が、上野の山に鳴り響く。

「さて、飯を食いに行くか」

黒門の前で待っていた雪蔵と岩吉に、禎次郎は顎で外を示した。

「まだ勘介が来てませんよ」

雪蔵の問いに、禎次郎は首を横に振って門を出る。

「ああ、いいんだ、ちょっと用事を頼んであるでな」

はあ、と二人も付いて、町中へと行く。

「今日はおとせさんの煮売り屋、空いているといいですがね」

ここ最近、行くたびにいっぱいで入れずにいたため、雪蔵は心配顔になる。そばや菜飯ですませていたために、魚や煮物が食べたくなっていた。

「あら、旦那、いらっしゃい」

幸い、奥の板間が空いていた。

家移りの日以降、まともに顔を合わせていなかったことを思い出して、禎次郎はおとせに笑顔を向けた。

「このあいだはありがとうよ。おとせさんの握り飯と切り干し、助かったよ」

「あら、そうですか、ならいいけど」

おとせが湯気の立った飯碗と汁碗を置く。それぞれの注文を聞くと、おとせはちらりと振り返って禎次郎を見た。

「いえね、あとで心配になっちまって。あたしだけならまだしも、おきくちゃんを連れて行ったでしょう、御新造様たちになにかいわれたんじゃないかって……世の女房ってのは、亭主が若い女と話しているだけで心配になるもんですからねえ」

禎次郎は苦笑しつつ、妻と母が無愛想だったことを思い出した。

「いや、こっちこそすまなかったな。うちの妻《さい》も母も、愛想のない質《たち》で、ちゃんと礼もいわず失敬だった」

「あら、いえいえ」

　おとせは魚を載せた皿をそれぞれの前に置く。

「ほら、今はあたしもこんな年増《としま》になっちまったから、気を遣うのを忘れてたけど、昔はね、よくあったんですよ、やきもちを焼かれるってのが」

　鰆《さわら》の焼き物を受け取りながら、雪蔵はにこやかにいう。

「いやいや、おとせさんは今だって艶っぽいよ」

「あら、うれしいねえ。ちくわの煮付け、つけるからね」

　おとせは狭い中をくるくると動きまわりながら、肩をすくめた。

「けどね、おきくちゃんが旦那と話がしたいなんて、思わせぶりなことといっちまったろう。ああいうのは、気になるものだからねえ」

　禎次郎は鯵の干物をほぐしていた手を止めた。

「そういうものか」

「そういうものですよ。だいたい、亭主がほかの女の名を口にしただけでも、いらいらするものなんですよ、女房というのは」

　禎次郎はゆっくりと飯粒を嚙みながら、五月の顔を思い起こす。ずっと不機嫌なのは、そのせいなんだろうか……いや、それとも……。

「いや、実は……」禎次郎はおとせを見る。「おきくさんが赤子を背負っていただろう。それが気を塞《ふさ》がせたんじゃないかと思っていたんだが……」

おとせは背を向けると、鍋をかきわましながら、声だけで返した。

「そういえば、お子の姿がありませんでしたねえ」

「ああ、祝言を挙げて四年になるんだが、まだ子に恵まれなくてな、おれは気にしていないんだが、妻は気に病んでいるようなんだ」

「そうでしたか」

おとせはつぶやくと、くるりとこちらを見た。

「さ、ちくわの煮付け。おまけですよ」

岩吉がにっと笑って、それを受け取った。

「ちくわ、好きだ」

それぞれの口がいっぱいにふくらんで、動く。と、表に足音が響いた。

「旦那、旦那はいるかい」

戸口から男が飛び込んでくる。勘介だ。

「あ、よかった、旦那、連れて来ましたぜ」

勘介の右手に袖を引かれて、男が連れ込まれる。富突きの日に、感応寺で話を聞いた為蔵だ。

「おう、すまないな」

禎次郎は腰を上げて奥へとずれると、入って来た二人に手招きをした。

「ちょっと話を聞かせてもらいたいんだ。さっ、飯でも食ってくれ」

勘介は為蔵を押して、板間に上がらせると、逃げ道を塞ぐように、その隣に胡座をかいた。

憮然とした面持ちで、為蔵は禎次郎を見た。

「あっしは用事がありますんで、簡単に」そういっておとせに顔を向ける。「女将、飯にあさりの味噌汁をかけて、香《こう》こでも載っけてくんな」

「はいな、深川飯《ふかがわめし》一丁」

「じゃ、おいらも」

勘介も手を上げる。

「あいよ、二丁」

禎次郎は身を乗り出して、声を落とした。

「このあいだ、感応寺で金次という男を教えてくれたな。陰富をやっている者で、金次という名の男はほかにいるか」

「さあ、ほかには知りませんね」

「では、あの金次だが、掛け金の大きい陰富をやっている、という話は聞いたことがないか」

為蔵は受け取った深川飯をかきまわしながら、禎次郎を上目で覗《うかが》った。

「あっしをお白州に呼び出すなんてことはないでしょうね」

「ああ」禎次郎は胸を張る。「ない。ここで話を聞くだけだ。金次について知っていることを教えてくれるだけでいい」

ふうっ、と為蔵は湯気を吹いて、味噌汁をすする。

「断っておきますが、あっしはやつの陰富とは関わりありませんよ。こっちがやってるのは三文四文の端《はした》でやる遊びだ。だから、お上《かみ》だって適当にお目こぼししてくれてるんだ。そうでしょ、旦那」

「ああ、まあ、な」

為蔵はズッと音を立てて、深川飯を流し込んだ。

「だが、そうじゃねえのもいる。あの金次は端《はした》の陰富と大きな陰富の両方をやってるってえ話、小耳に挟んだことがありやすよ。まあ、いくらかけているんだが、細かいことは知りませんがね」

「やはり、そうか」禎次郎は腕を組む。「それは、金次が一人でやっているのかい。それとも仲間がいるんだろうか」

「仲間ってえよりも、胴元《どうもと》がいるってぇ話ですよ。大きな金が動くんだから、金次みてえな木《こ》っ端《ぱ》一人でできる仕事じゃあねえ。その胴元に使われているだけかもしれませんや」

「誰だ、その胴元というのは」

「さあ、そこまでは」

為蔵は口を拭いながら、首をかしげた。

「ただ、料理茶屋をやってる男だって聞いたことはあるな。神田《かんだ》の柳屋《やなぎや》……っていったかな」

「柳屋か、そうか」

禎次郎は拳を握る。

「もういいですかい」

為蔵が腰を上げかけると、禎次郎はそれを手で制した。

「あと、一つ、金次の居所はわからないか」

為蔵は立ち上がって頷く。

「神田の松田町《まつだちょう》の長屋ですよ。やつは仲間内から八幡《はちまん》の金次って呼ばれてるんですが、なんでもそれは八幡神社の裏の長屋に住んでるからだっていう話でさ」

「八幡の金次……しかし、でかい陰富をやっているのに、長屋住まいなのか」

ああ、と為蔵は草履を履きながら、笑いをこぼした。

「金次は根っからの博奕打《ばくちう》ちでね、銭を持てば飲む打つ買うで、いつも素寒貧《すかんぴん》ってえやつです。なんでも目先のことだけで、深く考えやしない。だから、危ない橋も平気で渡るんでさ」

為蔵はこちらを向くと、にっと笑った。

「もういいですね、色を待たせてるもんで」

小指を立てて、揺らす。勘介がその指を見上げて口を開けた。

「深川のおゆきちゃんかい。続いてるもんだね」

「ああ」笑いながら為蔵は背を向ける。「客の来ねえ昼間でなけりゃ、しんみりできねえからな」

「そうかい、そりゃすまなかったな」

勘介がいうと、為蔵は歯を見せて笑った。

「いいさ、勘介にはずいぶんとくじを買ってもらったからな。礼代わりだ」

笑い声を残して、明るい表に出て行く。

勘介が咳き込み、喉の奥から飯粒を飛ばす。皆は思わず身を引いた。

二

宵の風が簾を通して、流れ込んでくる。

布団に仰向けになると、禎次郎は天井を見上げた。

昨日、今日と、禎次郎は神田に柳屋を探しに行った。が、見つけることはできずに終わっていた。

まあ、神田も半分は歩いた。次は見つかるだろう……そう、考えを巡らせながら、禎次郎は横向きになった。行灯の前で、五月が襦袢《じゅばん》を縫っている。

頭の中に、おとせの言葉が浮かんできて、禎次郎は思わず口を開いた。

「このあいだ……」

突然の夫の言葉に、驚いた目で妻が顔を上げる。

「まあ、なんです」

「ええと、そら……」禎次郎は上体を起こした。「ここに来ただろう、おとせさんとおきくさんが」

「ああ……ええ」

怪訝《けげん》そうに歪む妻の目から、顔をそむけながら禎次郎は言葉を続けた。

「あれはその……あのおきくさんというのはだな、先日、亭主が殺されたんだ。で、おれが番屋に運んでな、まあ、いろいろと話を聞いたわけだ」

「まあ、そうだったのですか」

五月の声から険《けん》が消えたことに安心して、禎次郎は胡座をかいて妻に向いた。

「そうなんだ。で、赤子は小さいし、食うにも困るというから、おとせさんに頼んで、働き口を探してもらった、とこういうわけなんだ」

五月は手を下ろして、身体をこちらに向ける。

「そのようなお話ならば、もっと早くに聞かせてくださればよいものを」

また、険が出る。

「ああいや、楽しい話じゃないしな。だが、もしかしたら、気になったんじゃないか、と思ってな……」

首をまわして、天井を見る。黙ったままの妻を、目だけで覗った。

「気になったか」

と考えました」

「ええ」五月の声は硬い。「もしかしたら、あの赤子はおまえ様の子なのではないか、

「なにを……」

目を丸くする夫を、妻がじっと見据える。

「まさかと思い、もしやと思い、その双方に揺れていました」

そ……と禎次郎は口をぱくぱくとさせたあげくに、唾を飛ばした。

「そ、そんなことがあるはずなかろう」

「まあ、なぜそういえるのです。殿方が外に子を作るは、よくあること」

「なぜ、と、お、おまえはおれを信じていないのか」

五月はしばらく唇を噛みしめて、それをゆっくりと開いた。

「信じたい気持ちと、冷静に見据えようとする気持ち、それが半々というところでしょうか」

はあぁ、と禎次郎は溜息を吐き出した。

首筋をかきながら、禎次郎は眉を寄せる。

「もしも、そう思っていたなら、なぜいわない。疑いを持ったのなら、訊いてみればいいじゃないか」

ま、と五月は目を歪めた。そのまましみじみと、夫の顔を見つめる。

「おまえさまは、訊きたくても答えが怖くて訊けない、という思いをなさったことがないのですか」

その問いに、禎次郎は喉を詰まらせる。胸の内を探るが、思い当たる節が見つからない。

「ないな」

その答えを聞いて、今度は五月がはぁと溜息を吐く。

「そうですか、わかりました」

五月は膝をまわすと、行灯に向き直った。

襦袢を拾い上げて、また針を動かしはじめる。その背中が妙に硬く感じられて、禎次郎はまた布団に身を投げた。

手足を投げ出すと、瞼も自然に下がってくる。

「人を想うたことがないのですね」

五月の声が小さくつぶやいた。

まどろみかけた禎次郎の耳に、ぼんやりと聞こえていた。

朝の井戸で、禎次郎は水を汲む。いくどか往復して台所の水瓶を満たすのは、すっかり禎次郎の仕事になっていた。今日は非番であるために、のんびりと辺りに水撒きをしながら、水を汲み上げる。

「まあ、おはようございます」

井戸にかがんだ禎次郎の背に、女の声が降った。

「おはようございます」

禎次郎は顔を上げて挨拶を返す。

向かいに立っていたのは、隣家の片倉の妻であるお豊《とよ》だった。家移りをした日に挨拶に行ったが、宵の薄暗さであったために、顔はよく見ていない。改めて向き合ったお豊は、頬骨の張った顔で薄く笑っていた。

「まあまあ、一家の主が水汲みなど。中間《ちゅうげん》がいないというのは本当なのですね」

そのぶしつけな言葉に、禎次郎は一瞬、ぽかんと口を開けた。

「はあ、まあ……」

「婿養子だそうですねえ。だからといって下働きまでさせるなど、なんともまあ……いえ、大変ですこと」

お豊の目元が冷ややかに笑う。

禎次郎の頭の中でぴんと音が鳴った。わざわざ嫌味か……しかし、的を射てもいるな……。苦笑を浮かべながらも、禎次郎は胸を張った。

「ええ、大変なんですよ。ですが、おかげで足腰が鍛《きた》えられて頑強になりました。お山を廻っても寝込むことはないでしょうから御安心を、と主殿《あるじどの》にお伝えください」

はっはっはっ、とわざとらしく笑ってみせる。

「ま……」

お豊は鼻にしわを寄せて背を向けた。

去って行くうしろ姿を、禎次郎は舌を出して見送った。

「さて……」

最後の水汲みを終える。

桶を置いて庭に戻ってくると、禎次郎はたすきを掛けた。

たすき掛けの禎次郎は、庭の片隅に向かった。古畳の的がそこにある。

先日、棒手裏剣を借りて以来、暇を見つけては稽古を重ねていた。

的に対峙《たいじ》して、棒手裏剣を手に持つ。刃を上に、中指に添わせるようにして縦に納める。腕を上げて、的を見つめると息を止めた。と、手を放つ。

棒手裏剣が空を切る。

　ゆるやかな弧《こ》を描いて飛んでいき、その鋭い刃先が古畳に音を立てた。的の内側に刺さっている。

　よし、とつぶやいてほくそ笑む。

「ほう、上達なされたな」

　横から声が上がった。この棒手裏剣を貸してくれた近野平四郎が、近づいてくる。禎次郎とともに的に歩み寄ると、刃の先が斜め上から刺さった棒手裏剣を見つめた。

「ふむ、稽古を重ねたと見受けられる」

「はい、だんだんとコツがつかめてきました。小柄よりも扱いやすいですし、おもしろいです」

「さようか」

　平四郎は頷くと、懐から皮の袋を取り出した。先日持っていた革袋よりは小さいが、開くと、中に三本の棒手裏剣が納められていた。仕切りはもう一本分、空いている。

「なれば、これも貸して進ぜよう」

「えっ、いいんですか」

「うむ、真剣に学ぶ覚悟があると見たゆえな。実をいえば、本心よりやる気があるのかどうか量《はか》っておったのだ」平四郎はうほんと咳払いをする。「まあその……かようなことは武士がこだわるべきことではないが、棒手裏剣は値が張る物であるのでな、見所《みどころ》のない者に貸すことはできぬゆえ」

「それは……ごもっともです」

禎次郎がうやうやしく受け取ると、平四郎は袋から一本を抜いて、構えた。

「貴殿の打ち方はこうであったな」

平四郎は先ほどの禎次郎と同じように、手を振り上げて投げる。

禎次郎は見事に的中した棒手裏剣を見ながら頷いた。

「習ったこともないので、我流《がりゅう》でやっているだけですが」

「うむ、そうであろう。当たり所はよいが、貴殿の打ちは刺さり方が浅い。打ち方を変えれば、より深く刺すことができる。習う気はおありか」

「はい、教えてください」

禎次郎の即答に、平四郎は「よし」と頷く。

「では、腕だけではなく、身体を使うのだ」

棒手裏剣を持つと、平四郎は半身をよじった。身体をまわしながら、手裏剣を手から放つ。

空を切った手裏剣は鈍い音を立てて、的に突き刺さった。

「このように打てば、勢いがついて深く刺さる。腕だけで打てば五間《ごけん》（一間＝一八〇センチ）がせいぜいだが、身体全体で打てば八間や十間の距離でも打つことができるのだ」

「なるほど」

禎次郎が目を輝かせると、平四郎は満足げに頷いて、また身体をひねった。

「では、もう一度やるぞ。真似てみよ」

「はい」

禎次郎も身体をひねる。

我流のときよりも、勢いがついた。

平四郎は肩や腰のひねり方などを、注意する。禎次郎も熱中していった。

「もう少し下がって打ってみよ」

「はい」

禎次郎がうしろに下がる。身体をひねって構えた。が、その動きをとめた。木の枝のあいだから、五月の姿が見える。井戸で洗濯をしていたらしい。

禎次郎は構えていた手を下ろすと、そちらを覗き込んで耳を澄ませた。片倉家のお豊が五月に近づいて行くのが見えたからだ。

「あら、こんにちは」

お豊が洗濯物を抱えて立ち上がった五月に、声をかけた。

「こんにちは」

会釈をして進もうとする五月の行く手を遮《さえぎ》るように、お豊が立つ。

「先ほど、お宅の旦那様とお話をしたんですよ。文句もいわずに水汲みをなさって、御立派だこと」

五月が黙って、会釈をするのがわかった。そのまま行こうとする五月に、お豊はさらに言葉を続ける。

「まあまあ、婿をもらうというのは、家にとってもいいものなんですねえ。だいたい、女も子ができなければ離縁されるのが常ですけれど、婿であれば追い出されるのはあちら。妻は安泰ですものねえ」

禎次郎は思わず首を伸ばした。

五月は小さく腰を落として、そのまま家のほうに行く。お豊の顔は見えないが、おそらく先ほどと同じ笑みなのであろう。

「いかがなされた」

平四郎の声に、禎次郎は首を戻す。

「あ、いえ」

「では、そこから打ってみよ」

「はい」

禎次郎は手に力を込めると、思い切り棒手裏剣を投げた。

三

日本橋の賑わいの中を、禎次郎は看板を見渡しながら歩く。岩吉に聞いた話では、この辺りのはずだ。非番であるから、黒羽織のない着流し姿で気安くぶらぶらと歩く。

ああ、あった、とつぶやいて禎次郎は足を止める。紅屋と書かれた看板が立つ店に、禎次郎は入って行った。

間口は三間はありそうな広さで、中には鏡や化粧箱、櫛や簪などの棚が並んでいる。客や手代でざわめいているが、どうも棚は隙間が多い。

それを眺める禎次郎の目が一点に留まった。黒漆《くろうるし》の櫛に施された金蒔絵が、その目を引いたのだ。脳裏に五月の顔が浮かび上がった。が、どのような櫛を差していたか、そこはぼやけてはっきりしない。

うーん、と腕を組む禎次郎に、声がかかった。

「これは、巻田様」

主の徳兵衛が、いつのまにか横から覗き込んでいた。

どうもその節は、と頭を下げる徳兵衛の首筋を、禎次郎はさりげなく見た。あのときについた紐のあとは、もうほとんど残っていない。

「さ、どうぞ、奥へ」

促されて、禎次郎は奥へと上がった。廊下の先と二階は住居になっているようだ。

妻と娘も次々にやって来て、深々と頭を下げる。誰もが「その節は」と、口々に礼をいった。

「いやはや……」徳兵衛は照れ笑いをして頭を掻く。「あれから皆で話し合って、この店を売ることに決めました。深川辺りにでも小さな店を借りて、新しくやり直そうと思っております。もう仕入れる金もありませんので品数も減って、かえって好都合と笑っています」

「そうか、そいつはよかったな。たとえ商いが小さくなったって、続けてさえいれば、また盛り返せる日が来るだろうよ」

「はい、今となっては、どうしてもう終わりだと思い込んでしまったのか、自分のおつむがわかりません」

額を叩いて苦笑する。

「巻田様にもお礼に伺《うかが》おうと思っておりました。御無礼を」

「ああ、いや」

と、禎次郎は手を振った。

「礼を聞きたくて来たわけじゃないんだ。実は、あのときに聞いた話で、あとから気になったことがあってな。徳兵衛さん、誰かに金次と関わるのはやめろ、といわれたと話していたろう」

「ああ、はい。金次が、あとでお店に行くといって離れたあと、寄って来た若い者がいったんです。金次はよくねえ話が多いから、関わらねえほうがいいって」

「その若い者、名前は聞いたかい」

「え、いえ。ただそれだけいってすぐに行ってしまいましたんで」

「顔とか、姿とか、覚えていないかい」

ううん、と唸って、徳兵衛は首をひねる。禎次郎は身を乗り出した。

「もしかしたら、山吹色の帯を締めてなかったか」

う……と、唸りを止めると、徳兵衛は傾けていた頭を戻した。

「ああ、はい、そうです。黄色い帯でしたよ。派手な色だったから、目に残ったんです」

やっぱりそうか……禎次郎は腕を組んだ。

「その男は、たぶん、長吉って者だ」

「あっ」

徳兵衛が腰を浮かせると、手を宙に泳がせた。

「そういえば、その名前、金次がいってました」

「金次が」

「はい、金次はあのあと、早速、この店に来たんです……」

徳兵衛はそのときのことを話した。


「昼間の話なんだが……」

勝手口にまわった金次は徳兵衛に身を近づけると、そう声を落としていった。

「ああ、その話は、やっぱりやめておきますわ」

徳兵衛が断ると、金次は眉を吊り上げた。

「どうしてだい、いい話なのに」

「はあ、でも……」

徳兵衛が言葉を濁していると、金次は顔を寄せてきた。

「なんだい、誰かになにかいわれたのか」

いいえ、と徳兵衛は顔をそむける。

ちっと、舌を打って、金次はつぶやいた。

「長吉の野郎か、ふざけやがって」

そしてすぐに、声を明るくすると、金次はにやりと笑って見せた。

「商売敵《がたき》がいましてね、こいつがなにかと人の邪魔をしようとするんでさ。なあに、あっしの話を断れば、今度は別のやつが話を持ってくるだけだ。だが、儲けの率はうちが一番いい。乗らない手はありませんぜ」

金次は声音を高めた。

「金が入り用なんでしょう、紅屋さん」

徳兵衛は思わず目を合わせた。その目の前に、金次は指で作った丸を掲げた。

「御免富なんかよりも、よっぽど実入りがいいんですぜ。まあ、とにかく話だけでも聞いておくんなさいよ」

徳兵衛は思わず頷いていた。

「と、まあ、金次はそういっていたんです」

話し終わった徳兵衛が、首を振る。

「なるほど、それじゃ長吉が話しかけるのを、金次はどこかで見てたってわけだな」

金次は長吉に仕事の邪魔をされたと感じたに違いない。いや、それ以前にも、似たようなことがあったのかもしれない。それほどすれていたわけではない長吉が、みすみす餌食《えじき》にされるのを見かねて、思わず徳兵衛に忠告をしたのだろう。そして、金次は仕事の邪魔をされたと感じた……。

じっと考え込む禎次郎の顔を、徳兵衛がそっと覗う。

「あの……」

「ああ」禎次郎は泳いでいた視線を戻した。「いや、実はな、その長吉は殺されたんだ、あの少しあとに」

えっ、と声にならない驚きを示して、徳兵衛は絶句する。

「科人《とがにん》はまだ捕まっていない。だから、ちょっと気になってな、訊きに来たんだ。なに、徳兵衛さんには関わりのないことだから、気にしないでくれ」

禎次郎の言葉に、徳兵衛は眉を寄せる。

「あんなに若くて……気のよさそうな人だったのに……家族はいたんですか」

「ああ、女房と生まれたばかりの子がな」

「そんな者を残して……」

徳兵衛がいってから、苦笑する。

「ああ、いや、首を括ろうとした者がいうのもなんですが」

「そうだな」

禎次郎も苦笑した。と、その顔を真顔に換えた。

「だが、徳兵衛さんは結局、金次から陰富を買ったわけだ。どういう売り買いだったのか、教えてくれまいか」

「ああ、はい。話を聞いて、買ってもいいかと迷いが出まして……そうしたら、富くじの売り出しの日に、また金次が来たんです。印と番が決まったといって、早い者勝ちだから、この場で決めろ、と」

「買うかどうかってことかい」

「いいえ、あっちはもう買うものと決めていて、縁起のいい番は早くなくなるから、すぐに選べと。そういわれるとあたしもあわててしまって、二口、二十枚、決めてしまったんです。金次はあたしのいった番を書き留めて、数日したら、富札を持って来ました」

「へえ、どんな札だい」

はあ、と徳兵衛はきょろきょろと顔を巡らせた。

「確かまだありますよ」

身体をまわして背後の木箱を引き寄せると、その蓋を開けて、紙の束を取り出した。

「これです。二十両出したと思ったら、捨てられなくて……」

受け取った禎次郎は、それをめくった。

細長い紙の上に〈い〉や〈ろ〉という印が記されて、下に数字の番が書かれている。

「この札、借りて行ってもいいかい」

「はい、どうぞ。返していただかなくてもけっこうです。どうせ、紙クズですから」

では、と禎次郎は札を懐にしまうと、腰を浮かせた。

「いや、邪魔したな。ともかく徳兵衛さんが元気になってよかった」

はい、と徳兵衛は三つ指をつきつつ、顔を上げた。

「あのお寺の和尚様にもよろしくお伝えくださいまし。落ち着いたら、改めて谷中にお礼に伺うつもりでいますが」

「ああ、大丈夫だ。谷中の一炊和尚は恩を着せるようなお方じゃないし、流雲和尚も寛永寺の僧とは思えない気さくな方だ」

「え……あの流雲和尚は寛永寺の僧侶であられるんですか」

「ああ」禎次郎は浮かせた腰を戻すと、頷いた。「ああ見えても、学寮で教えられているそうだ」

「そうでしたか。そうなると……」

徳兵衛はちらりと禎次郎を見る。

「いえ、実は、あの流雲和尚様に書をお頼みしたいと思っていたんです。あのとき、神君家康公の御遺訓だというお言葉を教えてくださいましたよね」

「ああ、人の世は重き荷を……というやつだな。ちゃんと覚えていないが、いい言葉だったな」

「はい、確か急ぐべからず、と。あの言葉をこの先の戒《いまし》めとして、掲げたいと思いまして……ですが、そうですか、寛永寺の和尚様となれば、書いていただくのは無理でしょうね」

「いや、平気だろう」

あっさりという禎次郎に、徳兵衛が目を見開く。

「そうでしょうか」

「ああ、いや、たぶんな。流雲和尚は気取りがまったくないお人だ。おれはお山で会うこともあるから、訊いてみよう」

「はい、ありがたいことで」

眼を細める徳兵衛に、禎次郎も笑みで頷くと、今度こそ、腰を上げた。

廊下に出ようとすると、そこにぱたぱたと足音を立てて、徳兵衛の女房と娘がやって来た。

「お待ちください、これを」

女房が菓子箱を、娘が一升徳利を差し出す。

「どうぞお持ちください。お礼と申すには粗末な物ですが」

徳兵衛が改めて三つ指をつく。

「あの助けてくださったお武家様にも、お礼に伺いたいと思っているのですが」

ああ、いやと禎次郎は言葉を濁した。家臣に紐を切らせて命を救ったのが、将軍御側用人の田沼意次であったと徳兵衛は知らない。知れば畏《おそ》れおののくだろう。

禎次郎は姿勢を正した。

「いや、あのお方も気さくな方なので、礼など不要といわれるはずだ。わたしからよろしく伝えておくから、心配はいらない」

「そうですか」

徳兵衛は頭を下げる。

「騙されてばかりで、すっかり気持ちがやせておりましたが、皆様のおかげで、また心が太りました。ありがとうございます」

「いや、こちらこそお気遣いを、かたじけない」

菓子箱と大徳利をかかえて、禎次郎は頭を下げた。

四

「よい酒ではないか」

父の栄之助が、ぐい飲みを傾けて、息を吐く。

「はい、大店なので、下《くだ》り物の逸品《いっぴん》だと思います」

五月も横で微笑む。

「あのお菓子もおいしゅうございました」

滝乃も膳に箸を伸ばしながら、頷く。

「婿殿が人から礼をされるとは、巻田家にとっても誇りです」

「はあ、いえ」

苦笑いをして、禎次郎は頭を掻く。厳密にいえば、命を助けたのは田沼意次だが、それは秘密だ。公儀の重臣と口をきいたといって、下手《へた》に今後を期待をされるのは面倒くさい。

「そういえば婿殿」滝乃が面持ちを変える。「古着屋と古道具屋の件は、尋ねてくれましたか」

「はい。雪蔵にいい店を教えもらいましたので、今度、場所を確認しておきます」

「けっこう。それと……」

滝乃は皆の顔を順に見る。

「床の間の掛け軸を変えようと思います」

禎次郎は首をかしげて、掛け軸の絵を思い出す。富士山とそれに向かって飛ぶ鷹《たか》の絵だったはずだ。そういえば、こちらに家移りしてきてから、あの絵を見ていない。

「あの絵は不吉ですから、家を変わったのを機に新しい物にします」

滝乃の言葉に、それぞれが「不吉」と口を動かす。

「不吉とはまた……なにがいけないのだ」

栄之助はまじまじと妻の顔を覗き込む。滝乃は目をそむけると、重い声で答えた。

「鷹が空を飛んでいくのは、魂《たましい》が空へ帰るようで、不吉です。昔、兄上が亡くなったときに、父上が、兄上はこの鷹のように空へと飛んで行ったのだ、とおっしゃられたのです」

皆、黙って滝乃を見つめる。

「鷹は男《おのこ》を表すもの。あのような絵があるから、この家は男が育たぬのです」

その真剣な眼差しに、誰もが口を閉ざしたまま、目だけを交わした。

滝乃が声を高らかに変化させる。

「ですから、縁起のよいものに変えます。婿殿」

「はい」

「どなたかお寺のお坊様に、観音様の掛け軸はどこで買えるか、お尋ねください。これぱかりは古道具屋は避けたいのです。由緒のわからぬ物は、どのような因縁《いんねん》を持っているかわかりませんからね」

「観音様か」

栄之助の声に、五月も続ける。

「まあ、それは確かによいかもしれませんね」

「そうですとも」滝乃が頷く。「もはや家名隆盛を願う時代ではありません。これから安寧《あんねい》平和が一番。婿殿、頼みましたぞ」

「はい、心得ました」

禎次郎は背筋を伸ばす。と、同時に皆の顔を覗った。安寧平和、ということは今はそうではないということだろうか……この家移りで新たな不穏を感じたのだろうか……。そう懸念しながら、禎次郎は傍らの五月を横目で覗う。

昼に隣家のお豊からいわれていた嫌味をどう思っているのか。もしかしたら、すでに何度もいわれているのか。そして、父や母も同様に不快な思いをしているのだろうか……。

禎次郎は滝乃におずおずと口を開いた。

「あの、いかがでしょう、隣のお方は。あの御新造様はなかなか気の強い方のようで、おれも今朝、話してみて驚いたんですが」

「ああ、お豊殿ですね。家移り早々、家のことをあれこれと訊いてきたので、詮索《せんさく》御無用というてやりました」

隣の栄之助が、咳き込んで酒を吹き出す。

「おい、隣は一応、上役であろう。揉めごとにでもなったら、婿殿のお役目に差し支えるではないか」

「あら、お役に就いているのは御亭主のほう。妻は関わりのないことです」

「いや、しかし……」

「よいのです。ああいう女《おなご》は八丁堀にもたくさんいました。夫のお役を己の立場とはき違えて、威張るのです。下役の妻に偉そうにするなど、勘違いも甚だしきこと。最初にきっぱりといってやるのが肝要ですぞ」

あんぐりと口を開ける禎次郎を、栄之助は心配そうに見る。それに気づいて、禎次郎は笑って手を振った。

「ああ、おれはかまいません。いや、母上のおっしゃるとおりです」

禎次郎の笑顔に、栄之助はほっとしたように肩を落とし、横目でちらりと妻を見て、顎をしゃくった。

「いや、これもわたしの若い頃は、ずいぶんと我慢してくれたようなのだがな。最近はどうも忍耐のたがが弛んでいるような気がしてならん」

「ええ、そうですとも」滝乃が鼻をふんと鳴らす。「若い頃には、忍耐の日々でした。なれどそれは、わたくしもまだ若く、耐えることがよいことだと思うていたからです。今でもずいぶんと耐えてはいますが、ことを選んで適切な対処をする術《すべ》も身につきました」

禎次郎も酒を吹き出しそうになる。今も耐えているつもりなのだ、と改めて顔を見つめた。

「いやいや、そうでありましたか。我が妻は耐えておられる、と」

栄之助が赤味の差した頬を弛めて、手酌《てじゃく》で酒をあおる。

「絶えて久しく耐えるを知らん、とな、どうだ、これは」

「まっ、それは皮肉ですか」

「ああいやいや、ただの駄酒落《だじゃれ》だ、耐えてくれ」

禎次郎は笑い出す。

その笑顔で妻を見るが、五月は硬い頬のままだった。

第五章　源内《げんない》先生

一

暮れ六つで山を降りて、禎次郎は神田の町へと足を向けた。昨日、歩いた町をよけて、新しい道を進む。

四つ辻で周囲を見まわすと、禎次郎は通り過ぎる男に声をかけた。

「この辺りで柳屋という料理茶屋を知らないか」

男は首をかしげて、振る。

「さあねえ、知りませんや」

禎次郎は礼をいって、右へと足を進めた。

柳屋などという店が本当にあるんだろうか……と、胸中でつぶやく。陰富の胴元らしいと聞いたものの、だんだんとあるのかどうかが怪しい気になってきていた。

いやしかし、と禎次郎は拳を握る。懐に徳兵衛から受け取った陰富の札を一枚、証《あかし》として忍ばせていた。

陰富が行われていることは確かだ……そう、意を強くして歩く。

禎次郎は前から来た炭売りを呼び止めた。料理茶屋なら、炭は必需品だ。

炭売りはうしろを振り返って、指を上げる。

「はあ……柳屋……それなら、そこの辻を左に曲がって少し行ったところにありますよ。細い柳が入り口の目印でさ」

「そうか」

初めて返ってきた答えに、禎次郎は走り出した。

辻を曲がると、柳の枝が揺れているのが見えた。その下で、首を巡らせる。

高い板塀に囲まれた二階屋は、ひっそりとしている。塀が両側から内側に曲がり、入り口になっている。料理処柳屋と書かれた小さな板きれが打ち付けられている、その入り口を、禎次郎は覗き込んだ。飛び石が奥へと続いているが、戸口は見えない。

禎次郎は塀に沿って進む。角に位置しているために、塀は直角に曲がって続いている。塀沿いに行くと、小さな裏口があった。

「うわっ」

そこから出て来た男が、禎次郎の姿に驚いて声を上げた。そのままそそくさと、小走りに去って行く。

そうか、こりゃ料理茶屋じゃなくて、出合い茶屋なんだな……。そう得心すると、禎次郎は二階のひっそりとした窓を見上げた。

男女が密かに会うための部屋なのだから、静かであっても不思議はない。だが、そうした風紀の乱れを厭《いと》う公儀は、しばしば取り締まりを行う。ために、表向きは料理茶屋を装うのが常だ。

腕を組んで、禎次郎はまた表に戻る。道の端に立って、しばらく入り口を見つめていると、そっと入って行く女や、にやにやと口元を弛めて出て来る男の姿が見られた。辺りを憚るように入って行く身なりのいい武士の姿もあった。皆、出入りの際には、きょろきょろと辺りをうかがうのがおもしろい。

が、それを見つつ、禎次郎は溜息を吐いた。こんな店では、主が見送りに出ることなどありえない。さて、顔や名を知るにはどうすればいいのか……。

腕組みをしたまま、禎次郎は空を見上げる。紺碧《こんぺき》の夜空には、白い三日月が浮かんでいた。鼠色の雲が、その月を半分隠して流れていく。

そうだっ……禎次郎はつぶやいて、腕をほどく。拳で掌を打つと、地面を蹴って歩き出した。

人の行き交うにぎやかな昼の深川を、禎次郎は歩く。

非番であるから着流し姿だが、懐にはそっと十手を忍ばせていた。歩きにくさを感じつつも、裏路地に入って行った。

先月、尋ね当てた兄庄次郎《しょうじろう》の家を目指していた。芳才《ほうさい》という名で絵師をしている兄は、小さな家を借りて暮らしている。

「兄上」

開け放たれた戸口から入ると、禎次郎は返事も待たずに、上がり込んだ。庭に面した明るい部屋に、兄はいるはずだ。

「なんだ、禎次郎か」

筆を持ったまま、兄は顔を上げた。

畳には毛氈《もうせん》が敷かれ、その上の白い紙に、長い尻尾《しっぽ》の動物が描かれている。

「猫かい」

覗き込んだ禎次郎に、兄が腕を振り上げる。

「馬鹿、虎だ。これから迫力をつけるんだ」

　そうか、と座り込む禎次郎を兄は横目で見る。

「なんだ、今日は非番か」

「ああ、そうなんだ、で、兄上に頼みがあって来たんだ。人相書きを描いてほしいんだ。といっても、嘘の人相書きなので、顔はどうでもいい」

　姿勢を正す弟に、兄は顔をしかめた。

「なんだ、そりゃ」

「うん、それが……」

　禎次郎は思いついたことを説明する。

「だから、そこいらにはいないような顔で、いかにも盗人《ぬすっと》らしい悪人面を描いてほしいんだ」

　ふうん、と兄は描きかけの虎を脇にどけて、新しい小さな紙を毛氈の上に置いた。筆を置くと、すうと墨の線を走らせた。

「眉はげじげじ……目は鋭く……鼻はでかくて、そうだな切り傷をつけよう」

　声が弾んでいる。

「口は大きくへの字、唇は薄い……顎が張っていて……どうだ、いかにも悪そうな顔だろう」

　描き上がった顔の絵を掲げて、庄次郎が胸を張って笑う。

「うん、いいね。いかにも科人の顔だ」

「ふん、おれはこういうのは得意だぞ。妖怪《ようかい》や化け物の絵もお手の物だからな」

　そういえば、と禎次郎は、昔、兄が天狗《てんぐ》や河童《かっぱ》を描いていたのを思い出す。

「助かった、ありがとう」

　禎次郎は絵を受け取ると、それを乾かすために日向《ひなた》に置いた。

　改めて見まわすと、部屋の中には描きかけの絵が散乱している。山水画や動物画、隈《くま》取《ど》りをした役者の顔などが見える。

「そうだ」

　禎次郎はふと、母滝乃が掛け軸を変えたいといっていたのを思い出した。

「兄上、観音様の絵はどうだい」

「はぁ」兄が笑い出す。「そりゃ、筆違いだな、おれには向かん」

「そうか……」

「ああ、おれはきれいごとよりも人の荒事《あらごと》のほうが好きなんだ。上《う》っ面《つら》の微笑みを描くよりも、腹の奥にしまった本性を描き出すほうがおもしろい」

「なるほど」

禎次郎は頷きながら、人相書きの墨にそっと指で触れる。乾いたのを確かめて、それを四つ折りにした。

兄はそれを見ながら、笑う。

「おまえだってそうだろう。お役でもない探索に熱を入れているのは、世の中の裏がおもしろいからだろうよ」

禎次郎は兄に顔を向けた。

「そうか……なるほどな、そうかもしれない」

「そうさ。世の裏にこそ、人の本音があるんだ。建前よりも、よっぽど真実だ」

にっと笑って、兄は手をつきだした。

戸惑う弟に、兄は掌を上下させる。

「お代《だい》だ。絵師に絵を描かせたんだ。ただですむ道理はないぞ」

「あぁ……」

禎次郎は肩を落としながら、懐に手を入れる。

一朱金を握り締めて、庄次郎はその手を掲げた。

「こういう用事ならいつでもよいぞ」

はい、と禎次郎は苦笑しながら頭を下げた。

神田の辻を曲がる。

禎次郎は柳屋の裏口にまわった。

半間《はんげん》の戸を開けると、すぐに手代らしい男が現れて、膝をついた。その口が開くのを遮るように、禎次郎は懐からそっと十手を覗かせる。

たちまちに手代の顔が強《こわ》ばるのを見て、禎次郎は面持ちを和《やわ》らげていった。

「いや、商売の咎めをしようっていうわけじゃない。ちょっと、人相書きを見てほしいんだ。ここの主はなんて名だい」

「はあ、清蔵《せいぞう》といいます」

「そうかい」禎次郎は懐から人相書きを取り出して、ちらりと手代に示す。「じゃ、その清蔵さんを呼んでくれないか。これを見てもらいたいんでな」

「はあ」手代は立ち上がると、振り返りながら背を向けた。「少々、お待ちを。主は裏の住まいのほうにおりますもんで」

「ああ、わかった」

禎次郎はしめしめとほころびそうになる頰を引き締めて頷く。

そのまま待つと、しばらくして鈍い足音がやって来た。

「どうもお待たせを」

清蔵は膝を着くと、その四角張った顔で禎次郎を見上げた。禎次郎は手にした人相書きを拡げると、その前に掲げた。

「ああ、すまないな。ちょっと人を探していて、これを見てほしいんだ。こういう茶屋に潜むことも考えられるんでな」

清蔵は首をかしげてその絵を見つめ、すぐに頭を振った。

「うちにはおりませんし、見たこともありませんね」

「そうか、ならいいんだ」

禎次郎は人相書きをたたみながら、清蔵の姿を盗み見た。歳の頃は四十前後という辺りに違いない。鬢《びん》に白髪が混じっており、口元のしわも深い。顔色が悪く見えるのは、薄暗いせいなのか、酒の飲み過ぎか……。茶屋の主というよりも、駕籠《かご》かきの親分というふうに見える。

「じゃまをしたな」

禎次郎は背を向けると、戸口から出た。と、すぐにその足を止めて、脇に身を引いた。裏口から男が入って来たのだ。

金次……。

口中でつぶやくと、禎次郎は顔を伏せるようにして、通り過ぎる金次を躱した。うしろめたい客とでも思ったのか、金次もこちらを見ないようにして、戸口に進んで行く。

「おや、おまえか」

中から清蔵の声が上がり、それに答える金次の声も伝わって来た。が、すぐに戸が閉められて、声は消えた。

そっと振り返りながら、禎次郎は柳屋をあとにした。

二

柳屋を離れてから、禎次郎は昂《たか》ぶる気持ちのままに、八丁堀へ向かった。幼なじみ野辺新吾の屋敷へと足が進む。

牢屋敷廻りの新吾は、夕刻には戻るのが常だ。

「まあ、禎次郎殿、いらせられませ」

戸口に立つと、母の雪江《ゆきえ》が迎え入れてくれた。

「新吾は直《じき》に戻りますから、お待ちくださいな」

部屋に通されると、すぐに茶が運ばれ、禎次郎は雪江と向き合った。

雪江は母滝乃と幼なじみで、子供の頃には雪姫滝姫と呼び合っていた仲だという。大人になり、それぞれに家庭を持った頃までは、仲も続いていたという。が、気持ちや言葉の行き違いにより疎遠になったのだと、つい最近になって聞かされていた。

その二人の仲も、禎次郎や新吾が間に入ったことで、わだかまりは解けつつあるように見えた。が、結局、未だに再会は果たしていない。

「滝姫はお元気かしら。家移りのこと、新吾はその朝にいうんですもの。もっと早くに教えてくれていれば会いに行ったのにと、悔やんでいるんですよ」

雪江がうなだれる。

「おかげさまで母は元気で、家移りしていろいろと張り切っています」

禎次郎は湯飲み茶碗を手に取りながら、肩を落とした雪江をそっと見る。

「あの、そのうち、遊び来てください。上野のお山のすぐ下ですから、一緒にお山見物でもして……水茶屋もあるのでお団子も食べられますし」

慰めるような禎次郎の声に、雪江は微かに微笑む。

「そうね、そうできたらいいでしょうね」

雪江はその顔を庭に向けた。鬢に混じった白い髪が、夕陽に浮かび上がる。

「不思議なものね」雪江が黄昏《たそがれ》に眼を細めた。「子供の頃は、人生はこの先、どんどんと豊かになっていくものだと信じて疑わなかったのに、こうして生きてみると、そうではないことがようくわかるの」

ほう、と細い首が息を吐き出す。

「家族は気持ちが離れていくし、友はどんどん減ってゆくし……亡くなったり、疎遠になったりしてね。そういう人を思い出すと、どうしてもっと大切にしなかったと、悔やまれてならないの」

雪江の顔がこちらを向く。

禎次郎は言葉を探していた。まだ三十路《みそじ》に手が届いたばかりの禎次郎には、雪江のいわんとすることは、よくわからない。わかった振りをするのも、僭越《せんえつ》というものだろう。

「まあ、ですが、新吾はこれから妻を娶《めと》るでしょうから、にぎやかになりますよ、きっと」

とってつけた言葉ながらに、禎次郎はいう。

雪江はふっと笑った。

「そうね、なれど妻を持ったら、新吾はますますわたくしから離れてしまうでしょうね。いえ、いいのよ、それで。母よりも妻を大事にすることが、夫婦円満の秘訣《ひけつ》ですからね」

ううむ、と禎次郎はさらに考えて言葉を探る。

「あ、でも、孫が生まれれば、うるさいくらいになりますよ。そら、孫はお婆様になつくというし」

「そうね」雪江はあきらめたように微笑む。「そうなるといいわね」

廊下を伝って、戸を開ける音が鳴った。

「ただいま戻りました」

新吾の声だ。

「あらあら、すぐに御膳をお持ちしますからね」

雪江が出ていく。

去って行く足音と近づく足音が廊下で重なった。

「まあ、飲め」

新吾が盃を上げる。

ともに喉を鳴らすと、眼を細め合った。近況などを語り合いながら、膳に並んだ肴《さかな》をつまむ。

談笑しながらも、どこか気が急《せ》いたような禎次郎の面持ちに、新吾は首をかしげた。

「なにかあったのか」

うむ、と禎次郎は頷いた。

「実はだな……」

長吉殺しの件から陰富、柳屋のことまで、順を追って話す。

「これまで牢屋敷に、陰富で捕まったやつが入ったことはあるか」

最後に付け加えられた問いに、新吾は考え込んだ。

「ああ、そういえば、一昨年だったか、陰富をやってて挙げられた男が二人入って来たな。まあ、当たっても七文の遊びみたいなものだから、江戸払いになって終《しま》いだったはずだ」

「そうか」

「しかし、そういう大金が動く陰富というのは聞いたことがないぞ」

新吾は豆腐の田楽《でんがく》を口に運びながら、首をかしげる。

「ああ、おれも今回、初めて知ったんだ。かなり巧妙にやってるようでな」

禎次郎も新吾を真似る。甘辛い田楽味噌が口中《こうちゅう》に拡がった。

新吾は箸を宙で止めた。

「しかし、それほど金額が大きければ、江戸払いじゃすまないだろうな。下手《へた》をすれば遠島……いや、そもそも、その金次って男が長吉殺しの科人だとしたら、死罪は免れまいよ」

「死罪か……まあ、だが、金次がやった、というのはおれの推測で、証はなにもないんだ。柳屋が胴元だという証もないしな」

ううむ、と唸り合って盃を傾ける。

禎次郎は天井を見上げた。

「どうしたものかと、悩んでいるんだ。定町廻りに告げようとかとも思ったが、証がないことには取り上げようもないだろうしな」

「そうだな。定町廻りによっては、話だけでも金次ってやつをしょっ引いて、あとは牢屋敷で拷問をして吐かせる、というほうに持って行くだろうが……拷問はちょっとな、おれは未だに胸が悪くなる」

しかめた新吾の顔に、禎次郎もそうか、と肩をすくめる。

「まあ、急ぐことはあるまい」新吾が谷中生姜《しょうが》の長い茎を手に取って振った。

「だいたい、おまえの仕事ではないんだろう、殺しも陰富も。わざわざ面倒なことに首を突っ込むことはなかろう。上に知られたら、かえってまずいんじゃないか」

「ああ、まあ」禎次郎は苦笑する。「職分を越えるな、と山同心筆頭からも釘を刺されてはいるんだ」

「それみろ」

顎を上げる新吾に、禎次郎は苦笑いを返す。

本当は……田沼意次に「わかったら知らせろ」といわれたことも、動機になっていた。が、それをいえば、ますます新吾は心配するだろう。重臣などと関われば、失態を犯したときの咎めも大きくなるし、要《い》らぬいざこざに巻き込まれかねない。

禎次郎も谷中生姜をとると、かじりながら笑った。

「どうにも……な、探索というのがおもしろくなって、やめられんのだ」

新吾があきれ顔になる。

「いいか、ほどほどにしておけよ。焦って余計なことはせずに、時間をかけて、証拠を集めるのが最良だ。まあ、それよりさっさと手を引くほうが、もっといいがな」

ああ、と禎次郎は肩をすくめて、頷いた。

三

朝餉をすませて廊下を歩いていた禎次郎が、ふと足を止めた。

半分開いた納戸《なんど》の奥に、動くものが見えたからだ。

「あ、父上」

覗き込んだ禎次郎が声を上げると、中でかがんでいた栄之助がびくりとして、振り返った。

「なにをしておいでですか」

思わず中へと入って行く。

風呂敷包みの前でしゃがんだ栄之助は、胸に着物を抱えており、それをさらに深くしまい込んだ。茶色の渋い縞模様だ。

おや……。禎次郎は意外な思いでそれを見つめる。

母が売りたがり、父が大事にしたがる着物は、幼くして亡くなった長男の着物なのではないか、といった五月の言葉を思い出していた。が、今、父が大事そうに抱えているのは、どう見ても子供の物ではない。

「その包みは、母上が古着屋に持って行くために作った物ですよね」

禎次郎の問いに、栄之助はすっくと立ち上がった。

「うむ、そうだ、が……これは売りたくないのだ」

「はあ」

腕の中の着物は古びてはいるが、布地に張りがあり、それほどよれてはいない。

栄之助は指を口の前に立て、片目を細めた。

「これはちと思い入れがあるのでな、しまうことにする。内密に頼む」

そういうと、足音を忍ばせて、そっと納戸を出て行った。

禎次郎は膝をつくと、乱れた風呂敷包みを開いた。

古着を出せ、と母の滝乃にいわれたものの、結局、禎次郎は出していない。

余分な着物などありはしない……そう苦笑しながら、風呂敷の中を見る。重なる布地をめくって、禎次郎は目を丸くした。着古した浴衣《ゆかた》や襦袢、ほつれた帯などが詰め込まれていた。

こんなものが売れるんだろうか……。そう呆然としていると、背中に声がかかった。

「なにをしておいでですか、婿殿」

驚いて振り向く禎次郎を見下ろしながら、滝乃がつかつかと入って来る。

あわてて風呂敷包みを閉じると、禎次郎はそれをうしろに隠すように立ち上がった。

「いえ、なにも……おれもなにか出そうかなぁ、と思いまして……」

滝乃はぎろりとした目で、廊下を振り返った。

「先ほど、旦那様が出て行かれたように見えましたが」

「あー、そうでしたか、じゃ、入れ違いかな、はは」

笑顔を繕う禎次郎から目をそむけて、滝乃は小さな息を落とす。

「まだ、あの着物に執着を……」

禎次郎は聞こえないふりをしつつ、興味を押さえきれずに首をかしげた。

「父上ですか」

滝乃はくるりと背を向けると、つぶやいた。

「あの着物はどこぞの女《おなご》が縫った物なのです」

その声だけを残して、納戸を出て行く。

ほう、と禎次郎は遠ざかる足音を聞いていた。

なるほど、そういうことだったか……。にんまりと顔が弛んでいた。

「旦那様」

廊下から五月の声が響く。

「おう、いるぞ」

禎次郎は慌てて顔を引き締めると、納戸から出た。

「まあ、このようなところに。お支度をせねば、遅れますよ」

急き立てる妻に引かれるように、禎次郎はそのあとを付いて行った。


上野の山をひと巡りして、禎次郎は感応寺へと足を向けた。

八月の富くじがすでに売り出されている。

八月は朔日が八朔《はっさく》の祝日であったために、二日から売り出しが行われていた。

一昨日の初日ほどではないが、今日も多くの人が富札を買いに来ている。

「子《ね》の一千八百八十八番と……え、売り切れかい、それじゃあ……」

男が熱の籠もった声を上げる。

禎次郎は首を伸ばして、富札を覗き込んだ。

今回の印は〈子〉〈丑《うし》〉〈寅《とら》〉だ。印も番も、買う者が好きに選ぶことができる。が、縁起のいい番は早い者勝ちだ。

男が違う番をいうと、売る側の世話役はそれを富札に書き記した。同時に、木の札に同じ番を書く。その木札が富突きの日に箱に入れられる仕組みだ。

禎次郎は腕組みをして、そのようすを見つめる。

初日には、金次の姿もあったし、いかにも陰富をやっていそうな男達も入れ替わり立ち替わりやって来た。だが、印と番を確かめに来ているだけの者を、捕まえることはできない。

証といってもなぁ、どうしたものか……。そう独りごちながら、禎次郎は富札に群がる人々を見やる。

「ああっ」

突然、人混みの中から男の声が上がった。

「掏摸だ、掏摸、待て」

中間姿の男が走り出す。その先には、尻ばしょりをした若い男が走っている。

禎次郎も走り出す。

掏摸は人混みを縫って、感応寺の山門を飛び出した。

「待て」

禎次郎がそれを追う。

谷中の道を、男は走る。手には財布を握っている。

そうだ、と禎次郎は懐に手を入れた。皮袋の中から、棒手裏剣を取り出す。

前を行く男の尻を見た。

腕を上げ、身をひねる。

手から放たれた棒手裏剣が飛んだ。

男の尻に、棒手裏剣が刺さる。

「うあっ」

唸り声を上げて、男が転がる。

よし、と禎次郎は走った。

男は禎次郎を見上げつつ、尻の棒手裏剣を抜いて投げ捨てた。と、同時に、財布も投げて立ち上がる。

禎次郎は目の前に飛んできた棒手裏剣と財布を、思わず拾い上げた。その隙に、掏摸は走り出した。

しまった、と顔を上げたときには、男の姿は寺の路地へと消えていた。

禎次郎は両手に持った棒手裏剣と財布を見つめ、まあいいか、とつぶやく。財布は戻ってきたのだからよしとしよう、とそれをぽんと放り上げてから、手に握り締める。と、その財布の堅さに気がついて、改めて指で確かめた。板のような感触は、小判に間違いない。

ぜいぜいという息が、横で上がった。

走って来た中間《ちゆうげん》が追いついて、荒い息を吐きながら首を伸ばした。財布を見ると、中間はその場にへなへなと座り込んで、地面に手をついた。

「ああ、よかった……どうなることかと……」

禎次郎はその目の前に財布を差し出すと、頷いた。

「掏摸は逃がしちまったが、財布は無事だ。大金みたいだからよかったな」

「はい。ありがとうございます」

財布を額に押し頂いて、中間が立ち上がる。

「なくしたら首を斬られるところでした」

「首とは……そいつはおまえさんの物じゃないのかい」

「まさか、あたしは小判なんて持てませんよ。これはお殿様からお預かりした大切な軍資金。富札の元手でさ」

殿様か……と、禎次郎は目を剝く。殿と呼ぶからには旗本か大名に違いない。

そうか、大身の武士は体面を慮《おもんぱか》って、こうして中間に買いに来させるわけか。しかしまあ、そんな方々《かたがた》まで富くじをやっていたとはな……。そう、なかば呆れつつ、禎次郎は感応寺に向き直った。人々のにぎわいがここにまで聞こえてくる。

「ありがとうございました、旦那」

中間はしきりに頭を下げながら、感応寺へと戻って行く。

禎次郎もそのあとを歩きながら、手にしていた棒手裏剣を掲げて見た。懐紙《かいし》で血や汚れを拭き取ると、鋭く尖った刃が陽光を鈍く反射させた。

禎次郎の目もきらりと光った。

四

朝餉の香りが漂う台所に、禎次郎は下りた。たすき掛けの五月のうしろに立つと、竈《かまど》を覗き込んで、煙を漂わせている鰺の干物を指さした。

「それを一枚、経木《きょうぎ》に包んでくれ。おれは今日はいらないから」

「まあ……包んでどうするのです」

五月が訝《いぶか》しげな顔で振り向く。

「それと握り飯も頼む。離れの御浪人に持って行くのだ。借り物をしたし、教えを受けているのでな、お礼に渡したいんだ」

まあ、と五月は、鍋の蓋を開ける。

「そういえば、庭の隅でなにやら的《まと》に向かっていましたね。そういうことでしたら、こちらもお持ちくださいな」

ひじきと油揚げの煮物を、小鉢に盛る。小皿には梅干しと瓜《うり》の糠漬けも載せた。

禎次郎は横に並ぶと、握り飯を作りはじめた五月の手元を見つめた。

「そういえばな、母上がこだわっていた父上の着物、わかったぞ。あれは亡き鶴松《つるまつ》の物ではない。父上がどこぞの女《おなご》にもらった物らしい」

五月の目が丸くなる。

「まあ、それは真《まこと》ですか」

「ああ、昨日、たまたま聞いてな、おれも意外だった。それ以上のことはわからなかったが……思うに、母上が古着屋にこだわったのは、その着物を売り払いたかったからに相違ない」

「女……」

手を動かしながら、五月はつぶやく。

小さな竹籠を棚から下ろすと、五月は小鉢や握り飯をそこに並べていく。

「女とは……」

そう繰り返しながらも、鯵の干物と小皿も並べ、五月は上に布巾《ふきん》を掛けた。

「まあ、あれだ」

　禎次郎はそれを受け取って、笑みを作った。

「母上はやきもちを焼くほど、父上に惚れているという証だ。そして、父上は亡き息子にこだわっているわけではない、ということだ」

　禎次郎は籠を掲げると、笑みを残して台所を出た。


　離れの戸口に立つと、禎次郎はきょろきょろと見まわした。高い窓から湯気が流れ出ている。小さな造りでも、中に台所があるらしい。禎次郎は首を伸ばして大声を上げた。

「近野平四郎殿、おられますか。巻田禎次郎です」

　しばしの間を置いて、戸が開いた。土間に立った平四郎は、たすき掛けで団扇《うちわ》を手にしている。

「何用か」

「はい、朝餉をお持ちしました。つまらない物ですが」

　平四郎の顔が歪んだ。

「施しは受けぬ」

「いえ」禎次郎はかまわずに、中へと入って行く。「施しなどとんでもない、師へのお礼です。棒手裏剣をお借りして、御教示までいただいて、いや、こんな物ではお礼にならないのはわかっていますから、ちゃんとしたものはいずれまた」

そういいながら、籠を上がり框《かまち》に置いて、布巾を取った。鰺の香ばしい香りや煮物の醬油《しょうゆ》の香りが立ち上る。

平四郎はその中を見ると、ごほんと咳払いをした。

「貴殿が礼というのであれば、その志、ないがしろにするわけにはいかぬ」

猫の虎吉が、鰺の匂いに引かれて近づいて来た。

「あとで頭と骨をやるぞ」

平四郎が小声で猫にいう。

禎次郎は懐から棒手裏剣を出すと、それをすっと掲げた。

「昨日、これを使わせていただきました。相手もこちらも走っていたのに、見事に狙いどおりに当たりました」

「相手、となく。人に使ったのか」

平四郎の険《けわ》しい形相《ぎょうそう》に、禎次郎を身を引きながら弁解する。

「あ、はい。掏摸が財布を奪って逃げたので。ですが、尻を狙いました」

「尻、か。ならば、大した怪我にはなるまい」

「はい。その辺は気をつけました。しかし、教えていただいたとおりに打ったら、威力もあって、当たりも鋭く、こうして御報告とお礼を、と思った次第でして」

「うむ、棒手裏剣はそのように作られておるゆえ、それも道理。されど、そもそもは相手の動きを制するためのもの。使うときには注意をせねばならぬ。顔や喉、胸などを狙えば、殺すことも可能であるゆえな」

平四郎の鋭い眼差しに、禎次郎は「はい」と頭を垂れた。

「それと、このままお借りしていても、かまいませんか」

「ふむ、かまわぬ。拙者はたくさん持っておる」

平四郎は座敷に上がると、引き出しを開けた。中から棒手裏剣を束《たば》でつかみ出すと、禎次郎に見せる。

感心してそれを見ながら、禎次郎は遠慮をしてしまい込んでいた問いを口にした。

「あの、先生……」

おずおずとそう呼んでみる。平四郎がその言葉に目元を弛めたのを見て、禎次郎は安心して声を強めた。

「先生はどちらのお生まれですか」

「下総《しもうさ》の香取《かとり》である。昔から多くの剣豪を輩出《はいしゅつ》しておる地だ」

平四郎は胸を張る。

「ああ、だから香取神道流を修められたんですか」

「しかり、免許皆伝である。皆伝の意味は存じおろうか」

「え、いえ、武術は子供の頃に少し道場に通った程度なもので……」

「剣術、居合術、柔術、手裏剣術、棒術など、その流派のすべての武術を師から伝えられ、奥義を極《きわ》めたと認められることだ」

はあぁ、と禎次郎は口を開けて見上げる。

「そうでしたか、では、本来、おれのようなぼんくらは、教えていただくのももったいない、というところですね」

「否《いな》。武術は修めたいと願う志さえあれば、資格はいらぬ」

「はあ、なるほど……ありがたいことです」

禎次郎はやや首をかしげて、平四郎を見つめた。その免許皆伝の凄腕が、なぜ、このようなところで暮らしているのか……問いたい気持ちが、むずむずと動く。

それを見抜いたように、平四郎は顔をそむけた。

「もともと江戸で道場を開こうと思い立って出て来たのだ。縁のある者に教えるのは、苦にならぬ」

と、その顔を険しくして禎次郎に向けた。

「尤《もっと》も、江戸に来てみれば、武士というのに武術はおざなり、しかも町人のような軽々しい口をきく者ばかり。貴殿も人柄はよいが、その軽輩のような言葉遣いはいかがなものであるか」

禎次郎は肩をすくめる。

「はあ、しかし、軽輩ですから」

「御公儀も武士の言葉づかいについては、威厳を正せとお叱りを出しておるというではないか」

「はい、まあしかし、歯に衣着《きぬき》せぬ江戸弁はまどろっこしくないし、話しやすいわけで……叱られても直さない、ということは武士にもすっかり馴染《なじ》んでしまったということですね」

ははは、と笑いながらうしろに下がる禎次郎に、平四郎は肩をいからせる。

「武士たる者、言葉にも衣をまとうが品格であると存ずるが」

「なるほど、しかし、軽装も馴れれば快適で……」

禎次郎はそのまま下がって外に出た。

「おっと、では、おれは出仕せねばなりませんので」

禎次郎がぺこりと頭を下げると、平四郎は少しだけ面持ちを和らげた。

「朝餉はありがたく頂戴いたす。それと、また稽古をつけようぞ」

「はっ、よろしくお願いいたします」

かしこまって一礼をすると、禎次郎は走って屋敷へと戻った。

「まあ、おまえ様、早く……急いで召し上がらないと遅れます」

五月の手招きに、禎次郎はあわてて朝餉の膳に着く。

息を整えつつ、禎次郎は「おや」と膳を見た。鯵の干物が載っている。横を見ると、五月の膳にはない。

「これはそなたのであろう」

そういって禎次郎が干物の皿を移そうとすると、五月はそれを手で押し返した。

「わたくしはよいのです。旦那様が召し上がってくださいな」

「いや、しかし、おれの分を持って行ったのだから、こちらにはいらん。そなたが食べろ」

「まあ、よいと申し上げているではないですか。旦那様はこれからお山を歩くのですから、ちゃんと召し上がらなければだめです」

向かいの膳に並んだ父と母は、きょとんとして二人のやりとりを見ている。

「そうだ」禎次郎は干物を手に取ると、半分に引き裂いた。「そら、半分ずつ食べればいい」

「まあ、そのようなことを。わたくしはよいと申しておりますのに」

五月はご飯の上に置かれた干物を、夫の皿に戻す。

「いや、おれの勝手でやったのだから、そういうわけにもいくまい」

禎次郎がまた置こうとするのを、五月が手で押し戻す。

「よいというているでしょう……」

そこにぴしゃりと畳を叩く音が鳴った。

「静まりなさい。なんです、朝餉の席で」

滝乃が自分の干物の皿を持って、すっくと立ち上がった。つかつかと来て五月の膳に置いて、また戻る。

「若いのだから、それぞれ一尾ずつお食べなさい。それで決着、よいですね」

射すくめるような目で、二人を見る。

はい、と若い夫婦は肩をすくめて頷いた。

「いやいや」と栄之助は箸を手に取った。「互いにいたわり合う夫婦……よいものですね」

はないか」

「おまえ様……」

滝乃が干物に箸を入れようとしている夫の手元を見つめる。

「婿殿でさえ、半身を妻に分けようとしたというのに、おまえ様は一人でそれを召されるおつもりか」

あ、とつぶやいて、栄之助の箸が止まる。

「いや、気がつきませんで……」

栄之助は両手で干物を裂くと、半身の乗った皿を妻の膳に置いた。もう半身は、ひじきの入った己の小鉢の上に置く。

「干物腫《は》れ物《もの》、ところ嫌わず、とな」

思わず吹き出す禎次郎に、父がにっと笑う。女達は口元を弛めかけて、締めた。

「では」

滝乃の声に、皆がいっせいに頭を下げた。

「いただきます」


上野の山は相変わらず人出が多い。

傾きかけた日射しを木立越しに浴びながら、禎次郎は西側へと向かった。物見客はあまり来ない山の奥に、勧学寮《かんがくりょう》がある。九百八十人もの僧が学んでいる学舎だ。

禎次郎は裏側にまわると、戸口を覗き込んだ。多くの人がいるというのに、しんと静まりかえっている。僧侶は無駄口を利いてはいけないものだ、と聞いたのを思い出す。

さて、どうしたものか……そう迷いながらぶらぶらと歩き出すと、目の前を小坊主が横切った。

「もし」

禎次郎の声に、小坊主が止まる。

「呼び止めてすまん、小坊主の春童を知らないか。知っていたら、呼んでもらいたいのだが」

小坊主は丸い頭をかしげたものの、すぐに頷いた。

「知っています。来るかどうかは本人次第ですが、伝えてみましょう」

小坊主は毅然《きぜん》として、中へと入って行った。

小さいのにしっかりしてやがる……そう、感心する禎次郎の前に、すぐに春童が現れた。

「やっぱり巻田様でしたか。和尚様に御用ですか」

青々とした頭で見上げて、笑う。

「おう、相変わらず聡《さと》いな」禎次郎は腰をかがめて頷く。「ちょっと、流雲和尚様に頼みたいことがあってな」

「お待ちを」

春童は身を翻《ひるがえ》し、すぐに流雲を伴って来た。

「ほう、禎次郎か」

流雲は草履を履いて外に出て来た。あちらに行こう、と目で合図する流雲に、禎次郎が従う。通り過ぎる若い見習い僧が深々と礼をするのに、流雲は厳《おごそ》かに頷いて歩く。

姿勢を正したまま学寮を離れ、木立の陰まで来ると、流雲はにやりと笑った。

「どうした、わざわざ」

「はい、お忙しいところをすみません」

「いや、息抜きができてちょうどいい。こっちも気になっていたんだ。このあいだの首吊り男はどうした。紅屋徳兵衛といったか」

「はい、その徳兵衛さんから頼まれて来たんです。先日、紅屋に行ってみたらすっかり元気になっていまして、お店を売る覚悟が決まったそうです」

「ほうほう、そうか、よかったな。人間、首を括らずに腹を括れば、なんとでもなるもんだ」

かっかっと笑う流雲に、禎次郎もつられる。

「ははは、まったく。で、ですね、徳兵衛さんは、あのとき、流雲和尚が教えてくださった家康公の御遺訓が心に沁《し》みたといいまして、できれば和尚様に書いてほしい、というんです。新しい家に掲げて、心機一転、心の糧《かて》にしようというんでしょう」

「ほうほう、そうか」流雲が胸を張る。「そいつはいい。自慢じゃないが、書は得意だ。書くぞ」

「ああ、よかった。お願いします」

禎次郎は頭を下げて、上目を上げた。

「あのう、それともう一つ、教えていただきたいんです。観音様の掛け軸を探しているんですが、どこで買えるものなんでしょう」

「観音様とは……禎次郎、なにかうしろめたいことでもしたのか。救われたいのか、謝りたいのか」

目を剝いて覗き込む流雲に、禎次郎は手と首を振る。

「ちが……おれじゃありません。うちの母上がほしがっているんです」

「なんだ、そうか」流雲は顎を撫でる。「ふうむ、この寛永寺では掛け軸を買うようなことはないからなぁ。なにしろ、あちこちの大名から寄進された物が、常に蔵に山積みだ。大名方は直々《じきじき》にお抱えの絵師に描かせているだろうしな」

「なるほど……訊いたおれが愚かでしたね」

「いや」流雲が手を打つ。「一炊に訊いみてよう。あやつは仏画が好きでな、いろいろと買い集めている。ああいう貧乏寺には寄進する者もおらんからな、己の足で探し歩いておるのだ」

「へえ、そうなんですか」

「ああ、近々、桃源院に行くから、訊いておいてやろう」流雲は胸を叩いて、頷いた。

「御遺訓の書のほうもまかせておけ」

「はい、徳兵衛さんも喜びます」

流雲はふと真顔になった。

「そういえば、大金をかけた陰富のことはわかったのか」

「ええ、まあ、少しは。ですが、売っている者らを捕らえるほどの証が揃わないので、足踏みをしています」

「ふうむ。あの徳兵衛とやらは、たまたま運よく助けられたからいいものの、放っておくと二の舞が出かねんぞ。人を喰いものにするような者は餓鬼道《がきどう》を生きておるからな、喰っても喰っても満たされることはない。放っておけば、次々と喰われる者が出ることになろうよ」

「なるほど」

「うむ。仏道から見れば、餓鬼どもも罪を深めるばかりだから、救ってやらねばならん。しかしまあ、俗世では鬼退治になるのもいたしかたがあるまい。ああいう首吊り人を見たからには、鬼の跋扈《ばっこ》を放置しておけまい」

鬼退治……言葉を反芻《はんすう》しながら、禎次郎は頷いた。

五

禎次郎は神田橋を渡る。

非番の日なので黒羽織ではなく、一張羅《いっちょうら》の羽織姿だ。

橋の先、神田橋御門の内側には、田沼主殿頭意次の屋敷がある。城持ち大名となって、重臣の集まるこの地に屋敷を賜《たまわ》ったのは二年前だ。以来、神田橋様とも呼ばれるようになっていた。

屋敷と向かい合って、禎次郎は口を開いた。瓦葺《かわらぶ》きの屋根をいただいた立派な門の内側には、幾重にも屋根が重なって見える。

うへえ、と禎次郎は思わず声を洩らして、その門を遠目に見上げた。旗本の出とはいえ、ここまで出世するとは、大したものだ……。意次の父意行《おきゆき》は、徳川吉宗に仕えていた、と聞いたことがあった。

意行はまだ吉宗が紀伊《きい》藩主であった頃に召し抱えられ、奥小姓《おくこしょう》を務めていたという。吉宗が将軍を継ぐことになり、江戸に出て来た折に家臣達も引き連れてきた。意行もその中の一人だった。

意行の長男である意次は、嫡男として吉宗に目通りが許され、家督を継ぐ者として認められていた。意次は吉宗の長男である家重《いえしげ》の小姓に抜擢《ばってき》され、次期将軍ながら、病弱であった家重をそばで支えた。

吉宗の隠居後、将軍職を継いだ家重にとって、意次は政《まつりごと》に欠かせない家臣となった。その才覚と人柄に、信頼を置いていたのだろう。家重が隠居し、長男の家治《いえはる》に将軍の座を託した折、意次をそのまま重臣として用いるように告げている。本来、将軍が代替わりするときには家臣も入れ替わるのが通例であるなか、これは異例といってもいいことだった。

政《まつりごと》にはあまり熱心ではない家治の下で、意次は次々とその手腕を発揮していった。ここ神田橋御門の内に広大な屋敷を賜ったのも、その功によるものにほかならない。それらのことは、広く江戸の町人にまで知れ渡っていた。

禎次郎はつくづくとどこまでも延びる白壁の塀を眺め渡した。大名屋敷など、前を通り過ぎることはあっても、こんなふうに正面から向き合ったことなどない。

無謀だったな……そう胸中でつぶやきながら、禎次郎はそっと懐に手を入れた。中に納めた書状を手で撫でながら、いや、と首を振る。これを渡すだけだ、お供の誰かに頼めばいい。そもそも、なにかわかったら知らせよ、といわれているのだ……そう、己を鼓舞《こぶ》するように、自答する。

門の周辺には、何人かの男の姿が見える。大身とも見える武士、学者風、大店の主風、とそれぞれだが、皆、供を何人も連れている。身なりも立派だ。田沼意次に目通りを願う者達なのだろう。

田沼は貨幣の鋳造を増やし、流通を活性化させている。商業が盛んとなるように、さまざまな策も取っている。武家社会では軽んじられてきた金銭を重視し、それを世に流すことで、広く潤《うるお》わせるのが狙いらしい。これまでは武士が相手にもしなかった商人をも、田沼は蔑《ないがし》ろにしなかった。

禎次郎は門前の人々を見て、しまった、と舌打ちをした。袴を着けてくるべきだった、と着流しの自分の足元を見下ろす。同心となって以来、着流しが常となっているために、日頃から袴という発想が出てこない。

きまりの悪さを噛みしめながら、皆のようすを改めて見る。と、中に供を連れずに一人、立っている武士の姿を見つけた。細面《ほそおもて》の顔は、空を見上げてなにか考えごとに耽《ふけ》っているようだ。

その門の前の者達が、いっせいに橋に顔を向けた。神田橋を渡って、行列がやって来たのだ。足軽や供侍に囲まれ、駕籠がゆっくりと進んでくる。

待っていた人々が門の前に並び、頭を下げた。あわてて禎次郎もその列に加わる。

駕籠が止まり、窓が開く。田沼意次の顔が覗いて、伏せた男達の顔を見渡した。

「源内《げんない》か、入るがよい」

は、と細面の男が腰を折る。

それをちらりと見た禎次郎に、田沼の目が止まった。

「巻田禎次郎か」

「あ、はい」

あわてて、進み出てかしこまる。懐に手を入れると、書状をつかみ出して、禎次郎はうろたえた。

「あの、実は……例の件で、少しわかったことがありましたので、御報告に……その、ここに記しておきましたので……」

差し出そうとする禎次郎を目で制して、田沼はいった。

「よい、中へ参れ」その顔を細面の男に向ける。「源内、この者とともに四阿《あずまや》に来るがよい」

「はっ」

源内は禎次郎を見て頷くと、顎で門を示した。

他の客達は、門番の侍にそれぞれの名を告げている。

一行が門をくぐると、源内は禎次郎を促して、そのあとに続いた。大名屋敷の内に、足を踏み入れる。

「さっ、わたしらはこっち」

源内が奥を指さして進む。禎次郎は屋敷の見事さに目を瞠《みは》りながら、そのあとに付いて行った。

禎次郎は一歩、うしろを歩きながら、おずおずと声をかける。

「あのう、もしや平賀《ひらが》源内先生でしょうか」

その名は江戸ではつとに知られている。石綿《いしわた》を使って火浣布《かかんぷ》という燃えない布を織り、その解説書も出している。さまざまな国の物産を集めた物産展を催し、それもやはり本にしている。風来山人《ふうらいさんじん》という名では、荒唐無稽《こうとうむけい》な話の談義本『根南志具佐《ねなしぐさ》』なども書いており、博学多才の士として知らぬ者はいない。

そういえば、と禎次郎は思う。「田沼様もその才に感心なされているらしい」という噂を聞いたことがあった。

「はい、そうですすよ」

源内は澄んだ声を返した。四十過ぎだろうが、足運びも若々しい。

禎次郎はあわてて自らを名乗った。

「へえ、山同心ね。上野のお山はわたしもときどき行きますよ。あそこは木の種類が豊富でねえ。中には薬効を持つ木が……」

源内は本草学《ほんぞうがく》の話をしながら、庭園へと入っていく。池や小川が造られた広い庭園の丘の上に、瀟洒《しょうしゃ》な四阿が建っていた。

「さ、ここで待ちますよ」

厚い紫色の毛氈が敷かれた大きな床几《しょうぎ》に、源内は腰かけ手招きをする。

少し、あいだを置いて並んだ禎次郎の顔を、源内は首を伸ばして覗き込んだ。

「涼しい目をしておいでだねえ」

いえ、と答えながら、禎次郎ははっと息を呑んだ。

源内は大の女嫌いで知られている。美男で知られる歌舞伎《かぶき》役者瀬川菊之丞《せがわきくのじょう》との浮き名も有名だ。

禎次郎は視線を周囲に向けた。静かな庭園に、人の影はない。

「あああ、あの……」

禎次郎は腰を引きながら、顔をそむける。

「あの……源内先生は高松藩《たかまつはん》の藩士でおられた、と聞いたことがありますが」

ああ、と源内は首を戻す。

「藩士といっても、もともと家はしがない蔵番でわたしは三男坊。学びたいことがあったから、江戸に出て来ていろいろやっているうちに、藩主のお殿様のお耳に入ったらしく、呼びつけられたのさ。いろいろといいつけられているうちに、ずるずると藩士に引き立てられてしまったという案配でねぇ。おかげでせっかく江戸にいたのに、殿のお国入りに従って、また高松に逆戻り、という始末」

捨てるような物言いに、禎次郎は驚いて顔を向けた。

「それは、たいそうな御出世じゃないですか」

源内は笑う。

「出世など、そもそもそんな小さな出世など望んじゃあいないさ。殿はわたしの才を買ってくださったが、その分あれをしろこれをしろと、御下命暇なし。己のやりたいことができないから、我慢できずに辞めさせてもらったのよ」

はあ、と禎次郎は口を開ける。藩主から寵愛《ちょうあい》を受けて重用されるなど、武士にとっては大いなる名誉……。

「思い切ったことをなさいますね」

ああ、まあ、と源内は細い顎を撫でる。

「やってみてわかる、ということもあるねぇ。身分と金を得ると自由をなくす、自由を手に入れると金に困る。まあ、世はままならないということさ」

「なるほど……」

禎次郎はその横顔を見つめた。

「ん、惚れたかい」

にやりと笑う源内に、いえ、とあわてて手を振る。

ははは、と源内は顔を空に向けた。

「戯《ざ》れごとさ。わたしゃ、今はそれどころじゃないんでね」

四阿の前に影が立った。

「楽しそうだな」

田沼が入って来る。

「はっ」

立ち上がって頭を下げる二人に、田沼は座るように手で示す。

「今日は来客が多いゆえ、すぐに行かねばならん。源内、例の件はしばし待て。今、策を練っておるところだ」

「はい、かたじけのうございます」

田沼はその顔を禎次郎に向けた。

「して、なにかわかったのか」

はい、とかしこまりつつ、禎次郎はちらりと源内を見た。聞かれてよいものなのか、と迷う。それを見抜いたように田沼が頷いた。

「かまわぬ。源内は多くの国を訪れておるし、世情にも通じておる。よい意見が聞けるかもしれん」

「はい」

禎次郎は懐から書状を出すと拡げた。中に入れておいた陰富の富札を抜き出して、田沼に差し出す。

「これはあの首を吊ろうとしていた紅屋徳兵衛から受け取った、大額の陰富の札です。売っていた男は町の遊び人ですが、その裏に、胴元がいることがわかりました。ここに記しておきましたが……」

禎次郎はそれらを記した書状も渡す。

「ただ、証立てるものがないので、まだ捕まえることはできないかと……」

ふむ、と田沼は書状を見る。

「陰富ですか」源内が身を乗り出す。「陰富は京や大坂でも盛んにやってましたねえ。最近、江戸では大金を賭けるっていうのも、小耳に挟んだことがありますね」

「ほう、そうか」

田沼の問いに「はい」と源内は頷いて、禎次郎を見る。

「その胴元っていうのは、どういう人物なんだい」

「はあ、出合い茶屋をやっている男で、いかにも元は遊び人風でした」

「歳はいくつくらいだい」

「ええと、四十くらいでしょうか」

「その出合い茶屋ってのは、ずいぶん前からやってるのかい」

「あ、と、それは……」禎次郎は記憶を探った。「いえ、まだできてそれほど年は経ていないようでした。木の色がまだ新しげでしたから」

ふうん、と源内は顔を傾ける。

「その出合い茶屋は、陰富の儲けで建てたんだろうね。しかし、胴元になるには元手がいるもんだ。当たりが出ないとも限らないからね。いや、むしろちょっとは当たりが出たほうが、評判になって客がつく。遊び人風情がどうやって元手を作ったのか、気になるところだね」

「なるほど……そこには思い至りませんでした」

ふむと頷くと、源内は姿勢を正して、田沼に向き合った。

「茶屋の男が胴元、と断じるのは浅薄《せんぱく》かと考えます。その裏に、真の胴元がいると推したほうが的確とかと存じます」

「ふうむ、それが慧眼《けいがん》というものであろうな。やはり源内よ」

頷きつつ、田沼は書状を懐にしまって下を見た。

丘の下から小姓が上がって来るのが見える。

「巻田禎次郎、源内のいうたことを踏まえて、いま少し、探ってみるがよいだろう。端《はした》を捕まえて、大本を逃がすようなことにならぬようにな」

「はい、心得ました」

禎次郎は腹に力を込めた。小さな餓鬼のうしろには大鬼がいるということか……。

そう考えると、背筋が伸びる。

田沼は禎次郎に頷いた。

「小銭の陰富であれば目くじらを立てるつもりはないが、大金が動くのでは放置もしておけぬ。また、首括りが出るようでは困るからな」

田沼は立ち上がると、禎次郎に向けて、微かな笑みを見せた。

「概要が摑めたなら、町奉行に命じて取り締まりをさせよう。そなたの手柄にもなるであろう」

禎次郎もあわてて直立しながら、掌を向ける。

「いえ、そのようなことは……」

内緒でやっているとは、いいにくい。

源内も立って、腰を曲げた。

田沼は二人に頷くと、丘を下りていく。

禎次郎は、ほうと息を吸い込んで、そっと拳を握った。

第六章　黒幕追い

一

根本中堂の屋根の下から、禎次郎は雲がうごめく空を見上げた。先刻、突然、降ってきた通り雨は、もう上がりはじめている。覆っていた灰色の雲も切れ、やわらかな光が差し込んできた。屋根から落ちる水滴に、それがきらきらと反射する。

禎次郎は屋根の下から出た。同じように雨宿りをしていた人々も、ぞろぞろとまた山を歩き出す。

足元から、生温かい湿り気が立ち上るのを感じながら、禎次郎は雨で濡れた首筋を手拭いで拭った。

「あー、見つけた」

子供の声が上がる。小坊主の春童が、指を上げてこちらに走って来る。そのあとから、大きな身体の流雲が、ゆったりとついて来ていた。流雲は小脇に細長い木箱を抱えている。

「よう、禎次郎」

流雲がにっと笑った。

「こうも早く見つかるとは、お導きだな」

そういって、流雲は木箱を禎次郎に差し出した。

「そら、家康公の御遺訓だ」

えっ、とそれを受け取りつつ、禎次郎は目を丸くした。

「こんなに大きな物なんですか。ちょちょいと半紙にでも書くものだとばかり……」

「いやいや、せっかくだからな、御遺訓の全文を書いた」

「全文……」

「そうよ、このあいだ口にしたのはほんのさわりだ。御遺訓は最初から最後まで、すべてを聞いてこそ御真意が骨身に沁みるものだからな」

はあ、と禎次郎は箱を掲げて見る。

「わたしも」春童が進み出た。「一所懸命に墨を摺ったんですよ」

見上げるその小さな顔に、なるほど墨が何箇所もついている。

「そうか、それは御苦労なことだったな、かたじけない……」

禎次郎はふと笑顔になった。

「では、お礼に団子をごちそうしよう」流雲にも顔を向ける。「いかがです、桜茶屋でお茶でも」

「おう、いいな」

流雲の頷きに、三人は歩き出した。

茶屋の店先では、ちょうど客らが散って行くところだった。やはり夕立で逃げ込んだ人々が、茶を飲み終わったのだろう。主の与平《よへい》は、雨よけにしていたらしい葦簀《よしず》を巻いて片付けている。

三人が長床几に腰を下ろすと、看板娘のお花が振り返った。

「あら旦那、和尚様と御一緒なんてお珍しい」

赤い前掛けを揺らして、すぐに茶を持って来る。

「まあ、かあいらしい小坊主さん」

春童に向けてにっこりと笑う。

一瞬、笑みを拡げた春童は、流雲の視線を感じて、あわてて背筋を伸ばした。

「修行中の身ですから」

ぷっと、思わず禎次郎とお花が吹き出す。が、流雲は小さないがぐり頭を撫でた。

「よし、よくできた」

が、団子が運ばれてくると、春童の顔はまたほころんだ。

それを見ながら、流雲は眼を細める。

「わしが寺に入れられたのも、ちょうどこの年頃でな、十歳だった」

へえ、と禎次郎はきれいに剃《そ》られた頭を見上げる。

「比叡山《ひえいざん》にいらしたんですよね」

「おう、そうよ。生まれは東三河《ひがしみかわ》、水呑み百姓の倅《せがれ》でな、三男坊だった。姉《ねえ》やんや妹もいたし、おっ母《かあ》の腹はしょっちゅうふくれていた。まわりもそんな家ばっかりで、子供らは口減らしに奉公に出されたり売られたりしていたな。わしもそれで寺へ預けられたのよ」

はあ、と禎次郎は声のない相づちを打つ。

流雲は思い出したように、苦笑を浮かべた。

「まあ、実をいえば、口減らしをするなら兄《あん》ちゃんのほうだろうと思っていた。上も二番目も、ぼんやりしてとろくさい質《たち》だったからな。だが、出されたのはわしのほうだった。ずいぶんとあとになって、馬鹿な子ほどかわいいものだ、といういいまわしを知ったがな」

「なるほど」禎次郎は頷く。「しかし、寺となると、聡くなければ務まらんでしょう。それにかなうのは和尚様だけだった、ということじゃないんですか」

　ふっと、流雲は失笑を放つ。

「まあ、今になればそう考えることもできようが、子供心には、捨てられたという怨《うら》みしか生まれなかったな。おまけに寺の暮らしは厳しくつらい。僧の中には鬱憤《うっぷん》晴らしのように怒鳴る者もいるし手を上げる者もいる。それにな、比叡山という山は、冬には雪で真っ白になる。そりゃあもう寒くてな、手も足もあかぎれだらけで割れて血がにじむのよ」

　流雲は痛みを思い出したかのように、手を見つめる。

「一炊和尚も……」

　禎次郎は以前に聞いた話を思い出していた。桃源院の一炊と流雲は、比叡山にともに修行をした仲だということだった。

「一緒だったんですか」

「いや」流雲は首を振る。「あやつがお山に入ったのはもっとあと、十五になったときだった。まあ、小坊主として一緒だったとしても、つらさは変わらんかったろう。小坊主同士、生き抜くために相手を押しのけようと必死だからな。御開山をされた伝《でん》教大師《ぎょうだいし》最澄《さいちょう》様は、小坊主にやさしくせよというお言葉を残したのに、空疎《くうそ》なものだった。いや、目に余るからこそ、わざわざそのようにいわれたんだろうがな」

「へえ、お寺も俗世とそれほど変わりはないんですね」

「ああ、しょせん、坊主も人よ。おまけに修行は厳しく飯も粗末、寒さに凍えて、子供にとっては、地獄のようなもの。たまらなくなって、わしは逃げ出したのよ」

禎次郎は口を閉じた。思わず春童を見るが、話を聞いているのかいないのか、小坊主は足を揺らして二本目の団子にかぶりついている。

流雲は空を見る。

「十三のときだ、春になって雪が消えたのを機に、こっそりお山を下りたのよ。どこか遠くへ逃げようと思ってな。が、遠くへ行く前に、生まれた村にちょっとだけ寄ろうと考えた。まあ、やはりおっ母が恋しかったんだろうな。東三河に向かったのよ。お地蔵様やお墓のお供え物を失敬したり、軒先の干し柿を恵んでもらったりしながら、一人でひたすらに歩いたものよ。そして、岡崎《おかざき》に着いた」

禎次郎は頭の中を巡らせる。

「岡崎というのは、家康公がお生まれになった所でしたよね」

「そうよ、岡崎城もあってな。まあ、だから、家康公にまつわるものがたくさんある。で、ある寺に行ったんだ。お供え物を失敬しようと思ってな。したら、見つかった。だが、そこの住職はよいお人でな、逃げ出した小坊主と察して飯を食わせてくれたのだ。その食堂《じきどう》の壁に、大きな掛け軸が掛けてあった。わしは飯をかき込みながら、それを読んだ。それが家康公の御遺訓だったというわけだ」

へえ、と禎次郎は傍らに置いた木箱をそっと手で触れた。

流雲は禎次郎を見る。

「まあ、その書を紅屋に渡すときに、ともに読んでみるがいい」

「はい」

「心に沁みるぞ。わしもそのときに、感じ入ってな、心を改めたのだ。で、お山に帰る決心をした」

「えっ、それがきっかけだったんですか」

「ふん、そういうことよ。逃げても楽にはならん、ということを、そこで一瞬に悟ったのかもしれんな。うまく言葉にはできんが」

「へえ、けれど地獄のような所に、よく戻る決心がついたものですね」

「そうさな。しかし、逃げているあいだも地獄だった。腹は減るし、野良犬のように追い払われるし……たとえ、都に行っても、江戸についても、それは変わらん。この先、どこへ逃げても、きっとそこは地獄なのだ、と途中で気がついたのだ。まあ、要するに、人の世は地獄でない所などない、と悟ったということよ」

はあ、と禎次郎は口を開ける。

わからんだろう、という笑みを浮かべて、流雲は頷いた。

「坊主の修行はいやいややっていたから、ますます地獄だったのだ。だが、地獄から抜け出るには、己の心を変えるしかない。まわりは変わらんのだからな……と、そうも気がついたわけだ。だから、修行に自ら励むことにしたのよ。そうすれば、それが喜びになるかもしれん、と思うてな」

はあ、とやはり口を開けたまま禎次郎は頷く。

「まあ、いい」流雲は穏やかに微笑んだ。「とにかく、家康公の御遺訓はわしにとってはそういうものだ。ほかのお人にもそういう力になればいいと思っているのでな、乞われればいくらでも書くことにしておるのよ」

「なるほど、そうでしたか」

禎次郎は箱を手に取りつつ、流雲を見る。

「あ、いや、和尚様のお話が腑にまで落ちていったということではなく、御遺訓をいかに大事になさっているかということがわかりました」

「ああ、それで充分だ」

流雲は笑う。

傍らの春童が、飛ぶように長床几から下りる。

団子の串が並んだ皿を掲げると、禎次郎にぺこりと頭を下げる。

「ごちそうさまでした」

「いや、お粗末様。もう一本どうだ」

禎次郎の言葉に、春童は目を輝かせて「はい」と返事をした。

二

禎次郎は古畳の的に向かって、息を整えた。

棒手裏剣を持つ手を上げ、その手を放つ。棒手裏剣がゆるやかな弧を描いて、的に刺さった。四本を次々に打ち、抜いてはまた打つ。

「ほう、やっておるな」

平四郎が近づいてくる。

「今時分にいるとは、貴殿、今日は非番とみえるな」

傍らに立った平四郎に、禎次郎は姿勢を正す。

「はい。あの、おれはもう弟子だと思っているので、禎次郎とお呼びください」

うむ、と平四郎は頷く。

「では、少し稽古をつけて進ぜよう。今日は拙者も道場に行かねばならぬゆえ、多くの時は使えぬがな……どれ、まず、もう少し腰を入れよ」

はあ、と禎次郎は腰をひねる。その腰を平四郎はぽんと叩いた。

「そうではない、腰を落とすのだ。臍下三寸《へそしたさんずん》の丹田《たんでん》に力を込め、ぐっと腰を据えるのが肝要だ」

「はい」

いわれたとおりに腰を落として、腹に力を込める。

構えた手から、棒手裏剣を放つ。

空を切る音を立てて、的に突き刺さった。

「うむ、その調子だ」

四本を打ってから、それを抜いてまた戻る。禎次郎はちらりと傍らの平四郎を見た。

「先生は道場で教えておられるんですか」

「うむ、弟子が下谷《したや》で道場を開いておるゆえな」

「お弟子が道場主なのですか」

「さよう。国ではより長《た》けた者が多かったゆえに、あの者は早くに江戸に出たのだ。数年で道場を開くに至ったを見ると、腕よりもほかの才覚のほうが長けていたのであろう。世渡りは腕だけではできぬ、ということを拙者も得心いたした」

「なるほど」

　禎次郎は頷いて、構えを作る。

　えい、と打った。と、また平四郎を見る。

「先生はいつ、江戸に来られたんですか」

「五年前だ。次、打ってみよ」

　はい、と禎次郎は打つ。が、また平四郎に向き直る。

「道場を開くおつもり、とおっしゃっていましたよね」

「うむ……まあ、意想外に国を出ることになったゆえに、なりゆき上だ。次」

「はい」

　打っては、また口を開く。平四郎への興味が押さえきれない。

「意想外とは、では、江戸に出るおつもりはなかったと……」

遠慮しつつも、覗うような禎次郎の顔に、平四郎は溜息を吐いた。

「存念のままにならぬこともある。国の道場を継ぐはずだったのが、それが叶わなかったのだ」

「え、それは立ち合いの勝負で決まったことなんですか」

「そうではない。腕は拙者のほうが上であった。別のことだ。次、もっと肩を使え」

はい、と打つ。

打つたびに、的の中央に近づいていく。

禎次郎は師に向かって、にっと笑った。が、平四郎の眉が上がる。

「武術者たる者、笑いは不要」

はい、と首をすくめる。

その頭上に、時を知らせる鐘の音が響いた。鐘は三度の捨て鐘からはじまる。それが終わって、九回、鐘が打ち鳴らされた。

「九つ（正午）か、参らねばならぬ」

平四郎はくるりと背を向ける。

「ありがとうございました」

禎次郎はその背を見送った。

日は中天から傾き、縁台を照らしている。

それを背に感じながら、禎次郎は腕を組んでいた。

さて、紅屋に行くか柳屋に行くか……。

流雲から預かった御遺訓の入った箱を見つめる。紅屋徳兵衛に渡さなければならない。しかし、急ぐこともないだろう、と禎次郎は自答する。

よし、柳屋へ行こう……そう、つぶやいて、禎次郎は廊下へと踏み出した。

「まあ、おでかけですか」

五月の問いにああと頷いて、禎次郎は町へと出た。

神田の道をゆっくりと歩いて、柳屋の前を通り過ぎた。相変わらずひっそりとした佇まいの出合い茶屋には、今日も、人目を忍ぶ客が出入りする。一度、行き過ぎ、また戻る。が、立ち止まるわけにはいかない。すでに手代とも主の清蔵とも顔を合わせている手前、顔をそむけて通り過ぎるだけだ。

どうしたものか……そう思いながら塀を見上げる。茶屋の塀とつながっているが、奥に見える屋根は清蔵の住居だ。耳を澄ませるが、何も聞こえない。そこを通り過ぎると、はす向かいに小さな煮売り酒屋があるのを見つけた。中を覗くと、いくつかの総菜が鉢に盛られており、酒の徳利も並んでいる。狭いながらも小上がりがあるのを見て、禎次郎はしめた、と入り込んだ。

「いらっしゃいやし」たすき掛けの四十絡みの男が振り返る。「なんにしやしょう」

「そうだな、とりあえず、酒と……肴になるものを適当に見つくろってくれ」

そう答えながら、座る角度を変える。ちょうど外が見える位置に、禎次郎は腰を落ち着けた。

あさりの佃煮《つくだに》を盛った皿と酒を盆に載せて、男は「どうぞ」と禎次郎の前に置いた。

「ほう、うまそうなあさりだな。そのほう、この店の主か」

禎次郎の問いに、男は歯の抜けた口を開いて笑う。

「こんな小さな店で主もへったくれもあったもんじゃありやせんや。まあ、確かにこれはあたしの店で名をとって五六屋《ごろくや》ってんですがね」

「ほう、五男か六男なのかい」

「へい、六男で。五番目が生まれてすぐに死んじまったそうで、二人分の名前をつけたってこってす。いいんだか悪いんだかわからねえ名前で……」

息の抜けた笑いに、禎次郎も力を抜く。

「そういえば、このすぐ近くに、柳屋という茶屋があるだろう。知っているか」

「ええ、そりゃ、三年前にできたときに、ひと悶着《もんちゃく》ありやしたからね」

「悶着……そりゃ、どんな」

「へえ、料理茶屋といっていたのに、蓋を開けてみたらなんともいかがわしい出合い茶屋だったんでさ。話が違うってまわりが文句をいったんですが、開き直られて、みんな怒っちまった」

「へえ、それで決着はついたのか」

「ええ、それが、怒ってたこの辺の顔役の三人が、すぐに矛《ほこ》を納めちまったんでさ。おおかた、金で丸め込まれたんでしょうよ。なにしろ、主の清蔵さんは富を当てたってえ話ですからね」

「富くじをか」

「へえ、三百両を当てたから、それを元手にしたって、当人がいいふらしていたそうですよ」

「ほう」

禎次郎の頭の中に、以前に聞いた戯れ言葉が浮かぶ。

〈富を取ったを隠しててうたがわれ〉

富くじを当てたのを内緒にしていた者が、金遣いが荒くなったのは悪事でも働いたせいではないか、と勘繰《かんぐ》られたということを揶揄《やゆ》した句だ。

清蔵はその逆をやったわけか……陰富で儲けたとはいえないから、富くじを当てたといいふらしたんだな……そう腑に落ちて、禎次郎は五六の背に話しかける。

「その清蔵さんてのは、もともとこの辺りにいた人なのかい」

「ええ、この近くの長屋にいたんでさ。もとは荷揚げ人足でね、お米蔵に船が集まる時期なんぞにせっせと働いてやしたね。もっとも暇になると、賽子《さいころ》をやってたみたいですよ。勝負運があるらしくて、金まわりはよかったようで」

へえ、と禎次郎は道の向こうに見える柳屋を覗いた。

板塀の前を、人が通り過ぎて行く。その中には、辺りをうかがいながら柳屋に入る者もいる。

それらを眺めていた禎次郎が、あっと声を上げて腰を浮かせた。

金次が通り過ぎたのだ。柳屋の裏口に入って行く。

禎次郎はあわてて酒を飲み干し、懐から銭を出して盆に載せた。首を伸ばして、じっと裏口を覗う。

裏口から人が出て来る。清蔵と金次だ。

「親父、勘定はここに置いたぞ」

禎次郎は雪駄《せった》に足を滑らせ、いつでも出られる体勢をとった。

清蔵と金次が店の前を通り過ぎる。少しの間を置いて、禎次郎はそっと店を出た。

「ありがとうござんした」

五六の大声に身を縮めながら、二人のあとを付ける。

おや、とその目を金次の手に留めた。来たときには手ぶらだったのに、今は、鼠色の風呂敷包みを持っている。包まれているのは、さほど厚みのない四角の箱であることが見てとれる。

菓子折《かしおり》というところか……いや、ということは忍ばせてあるのは金子《きんす》に違いない。ならば、これから会うのが、陰の胴元ということか……。禎次郎は唾を呑み込んだ。

身を隠しながら、そっとうしろを歩く。

清蔵と金次はにぎやかな両国橋《りょうごくばし》を渡った。

向こう岸の本所も、橋詰めはにぎやかだ。が、そこから左へ折れて、人通りの少ない道を二人は進む。やがて、一軒の料理茶屋に入って行った。

禎次郎はゆっくりとその前を通り過ぎた。

しばらく行って踵を返し、来た道を戻る。と、道の向こうから二人の武士が歩いて来るのが見えた。前を進むのはいかにも旗本然とした男で、一歩遅れて歩いているのは若い供侍だ。

禎次郎はすれ違って、そのまま進む。

しばらく歩いて顔だけを振り向けると、二人が料理茶屋に入って行くのが見えた。

まさかな……そうつぶやきつつ、禎次郎は小さな祠《ほこら》の脇に身を寄せた。

料理茶屋に出入りする人々がそこから覗える。

大店の主風、粋な芸人風、非番の役人風などの男達が入り、出た。

あ、と声を上げて、禎次郎は思わず身を引いた。

先刻、入って行った武士の二人連れが姿を現したのだ。こちらに近づいてくる二人を見つめていた禎次郎は、さらに声を上げそうになった。うしろの供侍の手に、金次が持っていた風呂敷包みが握られている。

では、この武士が……。息をつめて、禎次郎は二人が前を過ぎていくのを見つめた。

先を歩く武士は四十過ぎくらいだろう。耳の上の鬢に白髪が混じっている。そのうしろに付いた若侍は、左の眉尻が怪我の痕《あと》らしく欠けている。

二人の背中を見つめて、禎次郎はそっと足を踏み出した。人波に身を隠しながら、そのあとを付ける。

両国橋を渡ると、すぐ右へと折れた。神田川を渡って、そのまま進む。その先、右側は公儀のお米蔵が並ぶ一帯だ。

前の武士がふと足を止めた。

気配に気がついたのか、禎次郎を振り返る。

禎次郎は何食わぬ風を装って、歩きつづける。武士二人が、じっとこちらの顔を見つめているのを、禎次郎は感じていた。が、気づかぬふりを通して、過ぎる。禎次郎が通り過ぎるのを待って、二人の武士はまた歩き出した。

しまった、気づかれただろうか……そう懸念しながら、禎次郎は背中に意識を集中した。

武士二人の足音が横に逸《そ》れた。

ちらりと禎次郎が振り返る。ある門の前で、供侍がくぐろうとしたものの足を止めた、という姿でこちらを見ている。あわてて向き直って、禎次郎は前に進む。そのまま速足で、次の辻を曲がった。

はあ、と息を吐いて、禎次郎は止まった。

そこでしばらく佇むと、禎次郎はそっと辻から元の道に出た。

来た道を戻って、二人の足音が消えた所まで来る。若い供侍が立っていた門の上には、松の枝が伸びていた。

ここだな……禎次郎は松の枝を見上げる。冠木門《かぶきもん》の奥には屋敷が見える。おそらく小身の旗本だろう。それほどの奥行きはない。

通り過ぎながら、禎次郎はふと気を張った。冠木門の陰から、人が覗っているような気配を感じたせいだ。が、立ち止まって確かめるわけにはいかない。ぶらぶらと腕を振って気の弛んだ風を装いながら、禎次郎はまっすぐに前を見て、行き過ぎた。

三

暮れ六つの鐘が鳴り、山の黒門が閉まる。

「御苦労だった」

禎次郎の声に「へい」と雪蔵ら手下が散って行く。

一日の役目が終わった気軽さから、禎次郎は肩の力を抜いて山を背に歩き出した。

と、その目の先に、手を上げる男の姿が現れた。

「あれ、父上」

「やあ、勤めは終わったか」

栄之助がにこやかに近づいてくる。

「お出かけの帰りですか」

「いや、まあ」栄之助は横に並んで歩き出す。「一歩、二歩、三歩とな、外に出たら散歩になった」

はあ、と禎次郎は自分よりも少し背の低い父の横顔を見る。

二人の前に屋敷の木戸門が見えて来た。父に先を譲ろうとするが、栄之助はいつのまにか、禎次郎のうしろに付いていた。

「ただいま戻りました」

家に上がる禎次郎に、父もそっと続く。

「あら、御一緒だったのですか」

迎え出た五月の声に続いて、座敷から足音が立つ。

「お帰りですか」

滝乃も現れた。その手には、栄之助が以前、隠すといって持って行った茶色の着物が抱えられている。

「お待ちしておりました」

滝乃は座敷に戻る。

ははぁ、これか……そう、得心して、禎次郎は栄之助を振り返った。滝乃がどこかに隠していた着物を見つけたに違いない。

そのまま廊下を進もうとする禎次郎の袖を、栄之助が引っ張る。

うほん、と咳払いをして、栄之助は義理の息子を座敷へと引き込んだ。五月もそれに従って、母のいる座敷に入った。

滝乃が正座をして、夫を見上げる。

「婿殿と帰るなど、姑息《こそく》なことを」

「なにをいうか、たまたま外で会ったのだ」

顔をそらして、座る。袖を引かれたままの禎次郎も、傍らの五月も、しかたなく腰を下ろした。

滝乃が畳の上に置いた着物をずいと前に突き出す。

「逃げ出すなど、うしろ暗い気持ちがあるからに違いありませぬ。やはり、この着物にひとかたならぬ執着があるのですね」

滝乃の有無をいわさぬ迫力に、栄之助はひと息を吐き出すと、言葉も続いて吐いた。

「ああ、ある」

その開き直った声音に、皆の目が集まる。

「やはり、この着物を縫うた女《おなご》のことを、おまえ様は未だに……」

滝乃の震える声に、栄之助は首を振った。

「そうではない、なにゆえにそういう話になるのだ」

「なにゆえ、と。この着物は女の縫うた物と、いうたではありませんか」

「そりゃ、そうだ。針は女の仕事。男の縫うた着物などそうそうあるまい」

「まあ、いけしゃあしゃあと……」

眉を吊り上げる滝乃を覗うように、禎次郎が身を乗り出す。

「あのう、その着物はいつからあるんですか」

「初めからです」

「初め……とは」

問いを重ねる禎次郎に、栄之助は胸を張った。

「この家に婿入りしたときに、持って来たのだ。ほかのいろいろと一緒にな」

「ええ、そうです」滝乃の声がうわずる。「それなのに、この着物だけは着ないのです。大事にしまって……よほどその初恋の相手が忘れられないのでしょうよ」

「初恋」

禎次郎と五月の声が揃った。

「初恋のお相手が縫ったのですか」

五月の問いに栄之助は、あぁもう、と上を向く。

「いや、そうではなく……」

「いいえ」滝乃が畳を叩く。「おまえ様はそうおっしゃいました。わたくしが鎌《かま》をかけて、初恋の女の贈り物ですか、と冗談交じりにいったら、そうだ、とはっきりと答えたではありませんか」

「根に持つようなことなら、鎌をかけたり、冗談交じりにいったりするな。こっちだって冗談交じりに答えるじゃないか」

栄之助が肩を落とす。

まあぁ、と滝乃が眉間《みけん》にしわを寄せるのを見て、五月が父を見た。

「聞きにくいことだから、戯言《たわごと》のように尋ねるのです。わたくしには母上のお気持ちがよくわかります」

ええ、ええ、と滝乃が娘に向かって頷く。

禎次郎はその滝乃の顔を盗み見ながら、幼なじみの野辺新吾の母雪江がいっていたことを思い出していた。滝乃と雪江もまた幼なじみであり、その恋心にも気がついていたという。滝乃は雪江が嫁し、新吾の父となった完吾《かんご》に、想いを寄せていたのだと、雪江はそっと語ったのだ。

自分だって初恋の相手がいたのに、相手にはやきもちを焼くのだな……。禎次郎は滝乃の赤くなった目を見て、胸中でつぶやいた。

栄之助は腕を伸ばして、着物を手に取った。

「確かに、これを縫ってくれた佐代《さよ》殿は初恋の相手だった。しかし、従姉《いとこ》だし、七つも年上だ」

「まっ」滝乃の目が上がる。「従姉を娶るのは珍しいことではありませんか」

「馬鹿をいうな。初恋といったって、おれはそのとき、十歳だ。佐代殿には許嫁《いいなずけ》もいたんだぞ。むきになるようなことではない」

「まっまっ、叶わぬ恋ならばこそ、忘れ得ぬものというではありませんか。ならばこそ、後生大事に袖も通さずに……」

「ええい、違うというておる」

栄之助は茶色の着物をつかんで立ち上がった。つかつかと歩いて襖《ふすま》を開けると、隣の部屋に入ってぴしゃりと閉めた。

しんしん、と残された三人は顔を見合わせる。

隣室からは、衣擦《きぬず》れの音が微かに伝わってくる。

するりと襖が開いた。

栄之助が茶色の着物を着ている。皆の目が丸くなった。

身丈《みたけ》が短く、脛《すね》が半分近く見えている。裄丈《ゆきたけ》も短く、手首からずいぶんと上まで腕が出ている。

栄之助は顔を赤くして、両腕を上げた。

「どうだ、つんつるてんだ」

五月があわてて口を押さえる。笑いを抑えているのが、肩の震えからあきらかだ。

禎次郎もうつむいて唇を噛んだ。

滝乃は丸い目のまま、夫を見上げていた。

それに向き合って、栄之助はどっかと座った。

「どうだ、これじゃ着られまい。佐代殿は嫁入り前に、叔父《おじ》上の着物を仕立て直してくれたのだ。叔父上はおれをかわいがってくれた人でな、しかし、佐代殿の嫁入り前に亡くなってしまったために、形見としてくれたのだ。当時は、まだおれも小さかったから、それに合わせてくれたのだ。まあ、あっという間に育って着られなくなってしまったがな」

栄之助は苦笑して短い袖を引っ張る。

「執着があるのは、叔父上のこの着物だ。おれは父上から軽んじられたから、叔父上が一番好きだった。だから、叔父上の香りが残るようなこの着物は捨てられん。自分が着られなくなっても、いつか息子が着てくれるかもしれんと思って、大事にしていたというわけだ」

「まあ、なれば、そういうてくだされればよいのに」

顔を歪める滝乃に、栄之助は肩をすくめる。

「その息子の鶴松《つるまつ》は、早くに亡くなってしまったではないか。その次に息子が生まれたら、と思っていたが、まあ結局、生まれなかった。それをそなたは気に病んでいたであろう、ゆえにいいにくかったのだ」

その言葉に、五月は笑いを消した。その顔に向かって、栄之助は肩をすくめて首を振った。

「だから、まあなんだ、孫が生まれたら、と思ってとっておいたのだ。だが、まだ生まれていないし、それをそなたは気に病んでいるであろう。いえば、ますます気にするであろうからな、思いも着物もそっとしまい込んでいたのだ」

まあ、と滝乃が声にならないつぶやきをもらした。

栄之助は顔に笑みを作って、立ち上がった。

「どうだ、つんつるてんは。もう二度と見せないからな、笑っていいぞ」

奴凧《やっこだこ》のように身体を揺らす。

ぶっと禎次郎が吹き出すと、五月もつられる。滝乃も口のへの字に曲げながら、目が笑っていた。

栄之助はくるりとひとまわりすると、隣の部屋へと消えて行った。


夜具を伸《の》べる五月を見ながら、禎次郎は首筋を掻いた。

「しかしまあ、なんだな、母上はずっと的外れの思い込みとわだかまりを抱えていた、というわけだな。はっきりと確かめることもできないままに……思いというのは言葉にしなければ、伝わらないものだということだな」

「そうですね」

五月が枕を整えながら頷く。

禎次郎は背筋を伸ばすと、改まった声を出した。

「なれば、おれもちゃんといっておこう。子ができないことは気にするな」

は、と五月が顔を向けた。禎次郎はそれに頷く。

「なにかと余計なことをいう人があちこちにいるようだが、おれは気にしてないからな。そなたも気に病むことはないぞ」

五月がゆっくりと、膝からこちらに向き直る。

「気にしないとは、どういうことですか。それではまるで他人事《ひとごと》ではないですか。気にしてください」

ずいと寄る五月に、禎次郎は思わず下がる。

「え、いや、あの……」

うろたえる夫に、妻は布団の上を膝で進む。

「ほかの方々は気にしてくださらなくてけっこう。なれど、子のことはわたくしとおまえ様二人のことなのですよ。わたくしとともに、気にしてくださるのが筋というものでしょう」

毅然と見つめる妻の目を、禎次郎は思わず避けて横を向く。

「はい、そう、ですね」

「子はないのか、子はまだか、と人から皮肉や嫌味をいわれることもしばしば……そのたびに、わたくしがどのような思いをしているか……おまえ様は少しでも考えてくださったことがおありですか」

禎次郎は首を縮める。

「すみません」

五月がさらに膝で寄る。口が物言いたげに開きかけたのを見て、禎次郎は背を向けて夜具に潜り込んだ。

「寝ます」

そうつぶやくと、背中を丸めた。

その背に突き刺さるような妻の視線を感じながら、禎次郎は目をつぶり、寝たふりをした。

四

縁側から外を見て、禎次郎は手にしていた羽織を放り投げた。残暑といえ、まだ日射しは強い。

流雲和尚から預かった木箱を抱えて、禎次郎は戸口へと向かった。

「まあ、非番というのに、もうお出かけですか」

五月が気配を察して、座敷から出て来る。険を含んでいるわけではないが、先夜の諍《いさか》いを思うと、なんとなく居心地が悪い。

「ああ、今日はちょっと行く所があってな。昼は外ですませるからいらないぞ」

禎次郎は背中で答えると、そのまま出て行った。

人の行き交う上野広小路を抜けて、日本橋へと向かう。

小脇に抱えた細長い木箱を、ときに肩に載せながら、禎次郎は人混みを縫う。紅屋の立派な看板を見上げながら、中へと入った。

「これは、巻田様」

出て来た徳兵衛に、「おう」と木箱を差し示す。

奥の座敷に落ち着くと、禎次郎は部屋の中を見まわした。以前、来たときにあったさまざまな置物が、一つも見当たらない。飾り棚は、ただ宙に空しく浮かんで見える。

禎次郎の視線に気がついて、徳兵衛は苦笑した。

「売れる物は皆、売りました。いや、しかし、買うときには大層な金を払ったのに、売るとなったら二束三文《にそくさんもん》。つくづく、わたしは世の中がわかっていなかったと、思い知る毎日です」

「へえ、そういうものか。しかし、着実に前に進んでいる、ということでもあるんだろうよ」

「はあ、そうですね、進んだというんでしょうか」徳兵衛は苦く笑う。「確かに前とは変わりました。今ではすっかり針の蓆《むしろ》。家の者も最近ではまあ、文句をいういう。ほとぼりが冷めたら、掌を返したように、冷たくなりました」

己の額をぴたぴたと叩く徳兵衛に、禎次郎は控えめに訊く。

「そうか、ところで、家移りは決まったのか」

「ああ、はい、それもまた……長屋を見に行ったところ、女房も娘も泡を吹きそうな勢いで、こんな狭い所には住めない、と騒ぎ出しまして。しかたなく小さな家を借りることにしたんですが、やれ台所が狭い、風呂がない、窓が小さいと、まあ、文句ばかりで……」

そういいつつも、徳兵衛は笑みを消さない。

「お店のほうも見てまわったんですが、まあ、借りられるのは路地の小さな店。魚の匂いがしたり、味噌の匂いがしたりで、小間物屋には向かないところも多くて難儀をしました。なんとかいいお店を見つけて借りる目処《めど》は立ったんですが、これまた狭いの暗いのと、文句をいわれ通しですわ」

そういいながら、徳兵衛はまた額をはたく。その朗《ほが》らかな目元を、禎次郎はかえって心配になって覗き込んだ。大丈夫か……。

「ああ、いえ」

徳兵衛は、怪訝そうな禎次郎の気持ちを察して笑みを拡げた。

「女房や娘達の文句を聞いていると、死なななくてよかったと思うんですよ。あそこで死んでしまっていれば、文句をいう相手もない。今頃、どんなに困っていたかと思うと、助けていただいたことが本当にありがたくなるんです」

「そうか」

禎次郎はほっとして、肩の力を抜いた。

その手で箱を前に移すと、禎次郎はずっと前に差し出した。

「流雲和尚が家康公の御遺訓を書いてくだすった。あのときにいった言葉はほんのさわりで、本当はもっと長いそうだ。で、その全文を書いたといわれてな」

「へえ、だからこんなに大きいんですね」

「うむ。一緒に読めといわれたので、今、開けてもよいか」

「はい、もちろんです」

禎次郎は木箱の蓋を開ける。中の丸められた紙を、二人は見つめた。

禎次郎はその紙を取り出し、そっと畳の上に拡げた。襖半分ほどもあろうかという大きさの紙を静かに広げ、木箱を重しに置く。

二人はともに向きを変え、その黒々と力強い墨文字に向き合った。目が文字を追い、口がそれを音に変える。

徳川家康公御遺訓
人の一生は重荷を負ひて遠き道をゆくが如し
急ぐべからず
不自由を常と思へば不足なし
心に望みおこらば困窮したる時を思い出すべし
堪忍は無事長久の基《もとい》
怒りは敵と思へ
勝つ事ばかりを知りて負くる事知らざれば
害　其の身にいたる
おのれを責めて人を責むるな
及ばざるは過ぎたるよりまされり

ほうぅ、と徳兵衛が息を吐く。

「なるほど、これは……」

「うむ、全文を書いた和尚の気持ちがよくわかるな」禎次郎も腕を組んだ。「流雲和尚は若い頃、この御遺訓を読んで、心持ちを変えたそうだ」

「へえ、そうでしたか。いや、これほど立派に書いてくださるとは……ありがたいことです」

徳兵衛は書に向かって手を合わせる。

禎次郎はその横顔に微笑んだ。

「そういえば和尚がいっていたぞ。いつかまた大きな家に移ったら、この書を掛け軸にして飾ればよい、と」

はい、と徳兵衛はがらんとした床の間を振り返る。

「そうですね。それまではとりあえず屏風《びょうぶ》に張っておきましょう。皆が毎日、見られるように」

徳兵衛はそっと、墨文字を手で触れる。

「おそらく、この言葉が本当に染みわたるのは、十年先でしょう。わたしは子供の頃、いろいろと苦労をしましたが、家の者はこれまで不自由をしたことがない。これから困窮を味わうことになるわけですし……」

「そうだな。この先、また盛り返すだろうが、また曲がり角にも遭うだろう。人の世はそんなことの繰り返しだと、おれも最近は少し、わかってきた気がするよ」

禎次郎の溜息に、徳兵衛は「ええ」と眼を細める。

二人の息の音が重なった。

「お父っつぁん」

そこに廊下から声が響いた。小さな足音が近づいて来る。

「ここだよ」

徳兵衛の返事に、障子が開く。と、同時に娘が禎次郎を見てあわてて膝をついた。

「すみません、巻田様がおいでとは……」

「いやいや、かまわんよ」

そういって笑う禎次郎に、娘はほっとしたように入って来た。徳兵衛は眼を細めて頷く。

「この末娘のお絹《きぬ》は朗らかな質《たち》で、文句も少なくて助かります」

お絹は肩をすくめると、胸元の両手をほどいた。小さな物をいくつもそこに抱えている。

「それはなんだい」

父の問いに、お絹はそれをそっと畳の上に並べた。色とりどりの小間物だ。

「古い着物をほどいて作ってみたんです。これは巾着、こっちは小物入れ。こっちは簪の飾り。それと、これは赤ん坊のおもちゃ」

下は細長く、上に動物の顔がついている。

「へえ、犬かい」

禎次郎の問いに、お絹は笑う。

「狸《たぬき》のつもりです。赤ちゃんて手になにか握るのが好きでしょう。そら、ここに小さな鈴もつけたんです、振るといい音がするように」

差し出すおもちゃに禎次郎は顔を近づけた。お絹が振ると、ちりんちりんと鳴る。

「ほう、これはいいな。赤子も親も喜びそうだ」

「どれ」

徳兵衛はそれを手に取ると、上下左右にまわしながら見る。

「縫い目は粗《あら》いがよくできている。お絹が考えたのかい」

「ええ、古い着物や帯はたくさんあるから、いくらでも作れるし。これなら仕入れがいらないから、お金がなくても大丈夫でしょう」

お絹が白い歯を見せて頷いた。

徳兵衛の目がうっすらと赤くなる。

「ありがとうよ、お絹」

「ううん、お父っつぁん、あたし、いろいろ考えるのが楽しいの。頑張るから、大丈夫だよ」

笑顔の娘の肩に、父はそっと手を置いて揺らす。

二人を見る禎次郎も、思わず目頭が熱くなりそうになって、唇を嚙みしめた。

お絹は照れたように禎次郎を見る。

「巻田様、お子様にこれを」

お絹は父の手から取り戻したおもちゃを両手で差し出した。

「ああ、うちは、まだ子がいないんだ」

その言葉に、お絹は申し訳なさそうに、おもちゃを引っ込める。その手元に、禎次郎は手を差し出した。

「いや、もしもらえるのなら、もらおう。それを置いておけば、つられて天から赤子がやって来るかもしれん」

上を指さす禎次郎に、お絹が笑顔になる。

「はい」

お絹がおもちゃを差し出す。

禎次郎はそれを受け取ると、そっと手拭いにくるんで懐にしまった。

「徳兵衛さん」禎次郎は潤んだ目の主に向いた。「急ぐべからず、というのはいい言葉だな」

はい、と徳兵衛は頷いた。

五

紅屋を出て、禎次郎は神田に向かった。

柳屋の前を通るが、相変わらずの静けさだ。柳の枝だけが、時折吹く風に揺れる。

禎次郎はそのまま神田を歩きつづけた。金次の住む長屋があるという松田町に行ってみるつもりだった。

八幡の金次……八幡神社の裏にある長屋に住むから……。そう聞いた言葉を思い出しながら、禎次郎は松田町に入った。

いくつかの小道を進むと、こんもりとした杜《もり》が現れた。参道の入り口には小さな鳥居が立ち、八幡宮という額を掲げている。

神社を抜けると、その裏に長屋があった。

なるほど真裏だな……そう納得しながら、禎次郎は井戸へと近づいて行った。野菜を洗いながら、女達がかしましくしゃべっている。

「ちょっと尋ねたいんだが」

禎次郎が覗き込むと、女達は手を止め、訝しげに見上げた。

「ここに金次っていう男が住んでいると聞いたんだが」

「ああ」と女の一人が顔を斜めうしろの戸に向けた。「あそこですよ。けど、今はいませんよ。しょっちゅう出歩いてるんだから」

「ほう、なにをやってるんだい」

「さあねえ」

女達は顔を見合わせる。

「遊び人でしょ」

「なにか悪さをしたのなら、とっとと連れてってくださいよ」

「そうそう。便所の戸は壊すわ、子供はこづくわ、ろくなことしやしないんだから」

女達が口々に言い立てる。

「そんなに乱暴な男なのか」

禎次郎の問いに、皆が頷き合った。

「ええ、長屋の中でも喧嘩するんだから」

「そうですよ、酒が入ればもっと荒れるんだ」

「いつも匕首《あいくち》を懐に入れててさ、おっかないったらありゃしないよ」

女達の怒気に、禎次郎は思わず後ずさる。

「そうか、いや、じゃましたな」

八幡神社の静けさに、また戻って行った。


両国橋の広小路に出て、禎次郎は神田川を渡る。

何食わぬ顔をして、禎次郎は先日、あとをつけた旗本屋敷の前を通り過ぎた。張り出した松の枝は、やはりいい目印になっている。そのまま行くと、右側は大川に沿ったお米蔵だ。禎次郎はしばらく歩いて、また戻った。

よし、と禎次郎は先方を見て、ひとり頷いた。辻に立つそば屋の屋台に、そのまま近寄って行く。

「おい、そばをくれ」

禎次郎は首を伸ばして注文した。

昼の九つ（正午）はとうに過ぎ、腹は先刻からずっと鳴りつづけていた。が、これを当て込んでいたために、我慢をしてきたのだ。

「へい、そば一丁」

置かれた器に箸を入れる。湯気を顔に受けながら、禎次郎はそば屋の顔を見た。歳は三十代の終わりくらいか、よく陽に焼けた顔には、愛想のよさげなしわが刻まれている。

禎次郎は目でうしろを振り返りながら、そば屋に訊いた。

「この一画は組屋敷かなにかかい」

「へい、お蔵奉行所の組屋敷でさ。あっちの一画は手代役人の屋敷らしいですよ」

「へえ、そこの松の木がある屋敷もそうなんだろうね」

「ええ、そうでやしょうね。よくは知りませんが、お蔵奉行のお一人らしいですよ。あそこのお屋敷は若侍が多くて、よくそばを食べに来てくれるんです」

「ほう、奉行といってもそれほど俸禄も多くはないだろうに、よく抱えられるものだな」

そばをたぐりながら、禎次郎は感心した風をしてみせる。

「そうですねえ、お武家の事情はわかりませんが、親類縁者が多いみたいですよ。おじ様がどうとか、よく話してますから。次から次に押しかけられたら、たまらないでしょうがね」

そば屋は小声でささやきながら、片目を細める。

「なんという家か、知っているか」

禎次郎の問いに、そば屋は肩を持ち上げた。

「さあ、そこまでは、なにしろ……」

いいかけて、口を噤《つぐ》んだ。

噂をしていた家の門から若侍が出て来たのだ。禎次郎はその顔を見て、目をそむけた。左の眉尻が欠けている。先日、柳屋と会い、風呂敷包みを受け取った供侍に間違いない。

若侍が隣に並んだ。

じっとこちらを見つめている。

禎次郎は息をつめて、ちょうど食べ終わったそばの器を置いた。

「ごちそうさん」

小銭を置いて、屋台を離れる。

「だんな、なににしやしょう」

そば屋の声が聞こえる。

「いやいい、あとでまた来る」

そう答えたのは若侍の声だ。

禎次郎は辻を曲がって、身を隠した。

まいったな……息を吐きながら、禎次郎はそっと振り返った。

若侍は屋敷に戻って行く。

しかし、ここまで来たんだ……禎次郎は腕を組んだ。しばらく歩き、町をひとまわりしたあとに、また戻ることにした。

辻の塀に身を隠して、件《くだん》の屋敷を見る。と、中から男が現れた。手に大きな木箱を持った町人だ。箱には油と書いてある。

油屋か……禎次郎はしめたとばかりに、そのあとを追う。

屋敷から離れたところで、小走りに追いついた。

「おい、油屋、ちょっと待ってくれ」

「へい」

振り返った油屋に、禎次郎は小声で問うた。

「今し方出て来た屋敷だがな、あそこの主はなんという御仁だ」

「はあ、竹井《たけい》様です」

「竹井、なんという」

ええ、と油屋は持っていた木箱を地面に置いた。空いた手で、腰に下げた大福帳《だいふくちょう》をめくる。

「ああ、竹井松之丞《まつのじょう》様ですが」

訝しげに眉を寄せる油屋に、禎次郎はにこりと笑って見せた。

「ああ、やはりそうだったか、いや、ちと屋敷がわからなくなってしまってな、これで助かった。呼び止めてすまなかったな」

へい、と油屋は木箱を持ち上げて歩き出す。

竹井松之丞か……そうつぶやきながら、禎次郎は振り返った。と、同時に息を呑んだ。若い侍がじっとこちらを睨みつけている。先ほどの若侍とは違い、眉はくっきりと整って濃い。しかし、その視線は禎次郎を警戒しているとしか思えない。

くるりと背を向けて、禎次郎は歩き出した。

若侍が付けて来るのが、気配と足音でわかった。

まずい……禎次郎は拳を握る。

家まで付けられるわけにはいかない。そう考えると、足は上野とは反対に進む。

神田川を渡って、また両国橋の広小路に戻った。

人混みをかき分けるようにして、若侍は執拗《しつよう》に追って来る。

禎次郎は馬喰《ばくろちょう》町に入った。この辺りは公事宿《くじやど》をはじめとする宿屋が建ち並ぶ一画だ。

そこを足速に抜ける。若侍もやはり付いて来る。

先には伝馬町《てんまちょう》の牢屋敷がある。さらにその向こうは勝手知ったる八丁堀だ。

牢屋敷の塀に沿って禎次郎は小走りになった。もう、うしろは振り返らない。だが、背中に追って来る足音は聞こえている。

牢屋敷を過ぎて、足を一気に速めた。

いくつかの町を抜けて、八丁堀に着く。

知った道を曲がり、さらに曲がる。幼い頃から親しんだ道だ。先が見えにくい路地もちゃんと覚えている。

幾重にも曲がって、やっと、禎次郎は立ち止まった。

そっと、振り返る。

足音も姿も、もう消えていた。

六

さて、どうしたものか……。禎次郎は山廻りをしながら、考え込んでいた。

あそこまで警戒をするのだ、竹井松之丞に疚《やま》しいことがあるのは疑いようがない。そして、あの風呂敷包みだ。柳屋が相応の金子《きんす》を渡したに違いない。となれば、陰富の黒幕であることもほぼ間違いはないはずだ。しかし……。

歯がみをしながら、山の勾配を上り、また下がる。

「これ」

その目の前にいきなり人が立ちふさがった。

あ、と禎次郎は目を丸くする。

「源内先生」

平賀源内が、そこに立っていた。

「いたな。探したぞ、山はけっこう広いな」

「探すとは、おれをですか」

「そうよ」源内はにっと笑う。「実は、田沼様が老中格に御出世されたのだ、それを知らせたくてな。縁のない者にいうても驚きもしないので、つまらんのよ」

「老中格っ……ですか」

「うん、あの御威勢だ、格がとれて老中になられるのもすぐだろうよ」

ふふふ、と源内は笑う。

「へえ、すごいですね」

そういいつつも、禎次郎にはあまりにもかけ離れていて、ぴんとこない。が、源内の笑顔につられて笑みがこぼれる。

「それじゃ、源内先生もこの先は安泰ですね」

「うん。ちょうどお願いごとをしているからね、心強いというものさ」

「そういえば、なにか策を練っているとおっしゃっていましたね」

先日の田沼の屋敷でのやりとりを、禎次郎は思い出していた。

源内は懐手をして頷く。

「そう。実はまた勉強のために長崎に行こうと思っているんだが、先立つものがないからね。公儀のお役をなにかいただけないかとお願いしたのさ」

「勉強ですか」禎次郎は頓狂《とんきょう》な声を上げた。「源内先生ほどのお方でも、なおかつ勉強なさるんですか」

「おや、なにをおいいやるか」源内は長い顎を持ち上げる。「勉強などはすればするほど、知の足りなさを痛感するもんさ。ましてや、長崎で阿蘭陀《オランダ》の文物に触れてごらん。世の中の広さに腰が抜けるばかりよ。わたしゃ以前にも長崎に行ったことがあるんだけどね、実に、目が覚める日々だったよ」

「へえ」

「言葉も文字も違う、絵の描き方も布の織り方も違う、医術も音楽も違う、なにしろ医術なんて、身体の中を開けて中を引っ張り出すというんだから驚きさ。考え方もやりようも違って、知れば知るほどおもしろくなるものよ」

はあ、と禎次郎はそのよく透る声に耳を奪われた。おまけに四十を過ぎているというのに、源内の目はきらきらと輝いている。

「才のある方は、志の持ちようが違うんですね」

溜息混じりに禎次郎がつぶやくと、源内はふと顔を寄せた。

「おや、惚れたかい」

「え、いえ」

禎次郎はあわてて身を引く。

「あの、それよりも……」

「それよりも、とは、聞き捨てならないいいまわしだねぇ……」

「あ、すみません。いえ、このあいだ話した陰富の件なんですが、源内先生のいわれたとおり、どうやら裏に別の胴元らしき者がいたんです」

「ほう」

と、源内が真顔になる。

「はい、調べましたら突き当たったんです。ですが、それが旗本で……」

「旗本……そりゃぁ、厄介だねぇ」

「はい。町奉行所が手を出すわけにはいきませんし、どうしたものかと考えあぐねていたところなんです」

「そうだねぇ」

源内は顎を撫でながら、首をひねった。

「旗本を調べるのはお目付の役目。さらに裁くとなれば評定所《ひょうじょうしょ》だ。田沼様にお伝えすれば評定所を開くことはできるだろうが、そのためには証か証人がなければねぇ」

源内は考え込みながら、ぽんぽんと手を打つ。

「そうだ」

その手を上げて、指を立てる。

「陰富を売っている町人を、まず捕まえればいい。なにか策を考えてね。そいつを証人に立てれば、旗本も言い逃れはできなかろうよ。下から突き上げるという方式さ」

なるほど、と禎次郎も真似て手を打つ。

「そうですね。ああ、源内先生に会えてよかった」

「会えた、とはまた聞き捨てならないね」

源内が一歩、寄る。

「わたしがわざわざ会いに来たんだよ。涼しい目が好きだからね」

「は、はい」

禎次郎が一歩、飛んで下がる。

「ありがとうございました。いわれたとおり、策を練ります」

禎次郎はじりじりと下がって、走り出した。

第七章　往生際《おうじょうぎわ》

一

朝の井戸で、禎次郎はいつものように水を汲み上げる。二つ目の水桶に、音を立てて、汲んだ水を入れる。

ふう、と額の汗を拭っていると、隣家の片倉家から甲高い声が耳に届いた。新造のお豊の声だ。

「なんです、朝帰りとはっ」

禎次郎は思わず耳を澄ませる。

「そなたは嫡男としての自覚があるのですか、これ、勝之進《かつのしん》、ちゃんとお聞きなさい」

ああ、あの長男坊か……そう、納得する。

片倉家の長男として、禎次郎にも紹介されたことがあった。同心の跡継ぎは青年になると、見習い同心として父の仕事に就《つ》く。勝之進も見習いとして山廻りに付いて来る姿を見たことがあるが、来たり来なかったりとまちまちだ。

お豊の声が裏返る。

「そなた、もしやまた岡場所に入り浸っていたのではないでしょうね」

なるほど、不謹慎《ふきんしん》な息子というわけか……。禎次郎は耳を、開け放たれた台所の戸口に向ける。

お豊の声はよく透るが、息子の声は聞こえてこない。

「聞いているのですか。これ、鉄之進《てつのしん》もここに座りなさい。そなたまで兄に倣って遊び呆《ほう》けるとは、なにごとですか」

どうやら弟も不謹慎らしい……禎次郎はそう思いつつ、井戸から離れて片倉家の庭を見た。先刻、主の片倉籐兵衛の姿を庭で見かけていたためだ。案の定、庭木をいじっていて、家には背を向けている。

なるほど、片倉家も平穏とはいえないようだな……苦笑を抑えて、禎次郎は井戸へと戻ろうと振り返った。と、身をそらした。少し離れて井戸の右側に五月が、左側に平四郎が立っているではないか。

「いつからそこに……」

驚く禎次郎に左右から声が上がった。

「先ほどから」

禎次郎は左右を見ながら、井戸に戻る。

「ええ、と」禎次郎は五月を指さして、平四郎に向く。「先生、これはうちの愚妻でして、五月と申す者……」

五月は手に小皿を持ったまま頭を下げる。

「御挨拶が遅れまして御無礼いたしました。主人がお世話になっておりますそうで、恐縮でございます。うちにはあと母と父がおります。巻田家一同、今後とも何卒《なにとぞ》、よろしくお願い申し上げます」

「あ、いや」

平四郎も手に小さな竹籠を持っている。いつぞや、朝餉を入れた籠だ。

「拙者、近野平四郎と申す。お見知りおきくだされ」

小さな会釈をして、思い出したように、竹籠を持ち上げた。

「おっと、これを返そうと思うて来たのだ。先般はいただきもの、恐縮でござった」

いえ、と五月は伸ばそうとした手に小皿が載っていることに気づき、困ったように、辺りを見まわした。

「ああ、いた。少々お待ちを」

ちっちと舌を鳴らして、五月は小皿を下に置く。猫の虎吉が走って来て、皿の上の煮干しにかじりついた。

「お、なんと、これ虎吉」

平四郎の声に五月が上を向く。

「まあ、先生の猫でしたか」

「ああ、うむ、さよう」平四郎は咳払いをする。「では、先日、煮干しをくわえてきたのは、御新造がくださったものであったか」

「ええ、台所を覗いていたので、投げたのです。あの、いけませんでしたか」

「いや、煮干しは好物ゆえ、ありがたい」

うほんと咳払いをする。

禎次郎はぽかんと口を開けて、五月を見た。

「そなた、生き物は嫌いではなかったのか」

「まあ」五月が立ち上がる。「嫌いではありません。飼ったことがないので、怖いと思っていましたけど、この猫を見ていたら、そう怖いものではないと感じるようになりました」

「そうか。犬や猫を見ても、知らんぷりしていたから、嫌いなのかと思っていた」

「まあ、嫌いだなんて。目が向かなかっただけです」

夫婦二人のやりとりを平四郎はじっと見ている。その姿に気がついて、五月はあわてて腕を伸ばして、竹籠を受け取った。

「まあ、すみませんでした」それを抱えて、夫を見る。「旦那様も、お戻りにならないと遅れますよ」

「あ、そうだな。では、先生、失礼を」

禎次郎は水桶を両手に持って、台所へと向かう。

五月は虎吉が煮干しを食べ終わるのを待って、小皿を取り上げた。

では、と腰を曲げる五月に、平四郎が手を上げた。

「あ、しばし」

「はい」

首をかしげる五月に、平四郎はまた咳払いをする。

「いや、すまぬ。実はその……かねてより量りかねることがあり、いつか誰かに問うてみたいと思慮しておったのだが……」

「はい、なんでしょう」五月は微笑んだ。「わたくしなどでよろしければ、どうぞ」

うむ、と平四郎は頷きつつ目を逸らす。

「その、御新造は、禎次郎殿と夫婦になるにあたり、御自身の意思は持たれたか」

「は」

「有《あ》り体《てい》に申せば、祝言を上げる前に禎次郎殿に会われ、夫とするによしと、心に決められたのか、ということでござる」

大時代な平四郎の言葉遣いに、思わず吹き出しそうになる口元を引き締めて、五月は頷いた。

「はい、さようです。よい人がいる、という話をいただいたので、わたくしは両親とそっとお顔を見に行ったのです。そのときには、旦那様は寺子屋で子らに読み書きを教えていたものですから。そのようすを覗いて決めました」

ほう、と平四郎がちらりと目を合わせる。

「なにを以て、決めるに至られたか」

「やさしくておおらかそうな人柄と見えましたので」

やさしくて……と平四郎はつぶやく。

「女《おなご》は、その、夫を選ぶにあたり、そこを重視いたすが普通であろうか」

緊張を感じさせるかすれ声に、五月はやわらかく微笑んで首を振った。

「いえ、それぞれと存じます。わたくしは威張る殿方が苦手ですが、女によってはそれを頼もしいと好む者もおります。穏やかで無口な殿御を好くお人もいれば、朗らかで楽しいお方を好む女もおりましょう。甲斐性《かいしょう》のないやさ男にほだされる、という話を聞いたこともありますし。好みの違いと申せば簡単でしょうか」

五月は平四郎の顔を斜めから見る。しわの寄った眉間の上の額に、うっすらと汗がにじんでいる。

「好み……となＪ」

平四郎の眉がさらに寄った。

五月は微笑む。

「好みというは、相性ともいえるかもしれません。たとえば、ある殿方に対して、ある女が嫌いと申すのはよくあること。なれど、それはただ好みに合わないということで、その殿方に非があるわけではありません」

平四郎の目がまっすぐに五月を見た。

「さようであるか」

「はい、さようですとも」

五月も見返して頷く。

そうか、と平四郎は目を空に向けた。

初秋の空には、薄くなりはじめた雲が流れている。

平四郎は五月に向かって、礼をした。

「いや、かたじけない。御新造の話は実に明解であった。感謝いたす」

「いえ、お役に立てたのであればようございました」

五月は会釈をして、踵を返した。と、すぐに止まって振り返った。

「あの、先生は苦手なお召し上がり物はありますか」

いきなりの問いに、平四郎は戸惑いつつ、口を開く。

「拙者、甘藷《かんしょ》と南瓜《かぼちゃ》が得意ではござらん」

「甘藷と南瓜……」五月が微笑む。「はい、わかりました」

「う、うむ」

平四郎は厳《いか》めしい顔を作って、咳払いをした。

不忍池に風が吹き渡る。夏に咲いていた蓮の花はすでに実をつけ、風で茎が揺れる。

それを眺めていた禎次郎の背を、ぽんと手が叩いた。驚いて振り向くと、枯れ木のような一炊和尚が立っていた。

「ここにおったか」

一炊は横に並ぶと、禎次郎の横顔を見上げた。

「流雲のやつめに聞いたぞ。観音様の絵がほしいそうだな」

「あ、はい、そうなんです」

「ふうむ、で、どの観音様がほしいのだ」

「どの……」

目を見開く禎次郎の顔を、一炊は下からねめ上げる。

「観音様といってもいろいろとおありなのじゃぞ。聖《しょう》観音、十一面観音、千手《せんじゅ》観音、馬頭《ばとう》観音、如意輪《にょいりん》観音、白衣《びゃくえ》観音、竜頭《りゅうず》観音……ほかにもいろいろ、多くのお姿があるんじゃ」

「そう、なんですか。いや、知らないもので、すみません」

「ふむ。まあ、知らないではしかたあるまい。で、なにを願うのじゃ」

一炊は手にした数珠《じゅず》をじゃらりと鳴らす。

「はあ、母が家の安寧平和を願いたい、と申しております」

「ふうむ、それもまたとらえどころのない願いよな」

一炊はぶらりと歩き出す。

禎次郎もそれについて、池の畔を歩き出した。

「禎次郎」一炊が目だけで見上げる。「家の床《とこ》の間《ま》の広さはいかほどじゃ」

「はい、半間です」

ふうむ、と一炊は頷く。

「あいわかった。観音様の件は、もうしばし待て」

「はい。恐れ入ります。それとあの、おれもお伝えしたいことがあったんです。以前、お世話になった紅屋徳兵衛さんなんですが……」

禎次郎はその後のようすを話し出した。

ほうほう、と一炊は数珠を繰りながら聞く。

「そうか、一件落着でなによりなことじゃわい」

「いえ、まだ落着とは……長吉殺しと陰富の罪人を捕らえねばならないので」

禎次郎の言葉に、一炊は口を曲げる。

「因果応報《いんがおうほう》。罪を犯した者には、いつか報《むく》いが来る。それをわざわざお縄にするとは、役人とは業《ごう》の深いものよ」

「はあ。しかし、それが町を守る者の役目なもので」

禎次郎は顔を引き締める。

「なんともまあ、業じゃというに……」

一炊は数珠で、その禎次郎の背中を叩く。

「それ、せめて御加護《ごかご》があるようにな」

「はい、ありがとうございます」

礼をする禎次郎に、一炊はくるりと背を向けて歩き出した。

「まあ、せいぜい気張るがいい。それがそなたの業ならば、まっとうするのが修行というものじゃろうて」

一炊はゆらりと風に揺れた。

二

禎次郎は十手を晒《さら》しの布で磨いていた。背中に流れる汗のせいか、銀色の表は放っておくと濁ってくる。力を込めて磨くと、鈍い輝きが戻って来た。

着物を着替え、禎次郎はぐっと帯を締めた。十手を差すときにはきつめがいい。

「まあ、旦那様、どちらへ。非番のたびにお出かけですね」

五月が廊下から顔を覗かせて、部屋に入って来る。

「あ、ああ。だが、いわれたとおりに、戸口の脇の木の枝は切ったぞ」

返事をしながら、禎次郎は十手を背中に差した。見えないように羽織を着なければならないのが、暑さの残る日中は苦だが、しかたがない。

五月は羽織の袖を持って、身支度を手伝いつつ、顔を見上げた。

「なれど、塀も傷んでいるところがあるのですよ」

「そうか、それはまた今度な。ちょっと、御用のことで行くところがあるんだ。遅くはならん」

禎次郎は羽織の紐を結びながら、廊下へと出る。その懐にそっと手を当てた。棒手裏剣を納めた革袋が、手に重く触れる。

背中に五月の視線を感じるが、あえて振り返らずに廊下を進んだ。

これ以上なにかをいわれる前に、と、そのまま外へと走るように出て行った。


神田松田町。

八幡神社の木立に禎次郎は寄りかかった。傾きはじめた陽が、濃い枝葉のあいだからうっすらと光を差し込ませている。

裏の長屋に行ったが、金次はいなかった。

井戸端の女達が禎次郎にいった。

「金次ならいませんよ。なんだか知らないけど、昼間はほっつき歩いているんだ。夕方にならなきゃ戻りませんから」

そうそう、と女達は頷いた。

なるほど、陰富を売り歩いているに違いない、と禎次郎は腑に落ちた。それなら、神社で待つことにしよう、とこの杜に身を寄せたのだった。

薄暗い神社の杜に、たまに人が入って来る。

小さな社《やしろ》の前で、柏手《かしわで》を打つ者もいる。素通りして、裏へと抜けて行く者もある。裏の長屋に住む者にとっては、便利な近道らしい。

禎次郎は腕を組んで目を閉じると、頭の中で考えてきた策を反芻《はんすう》した。正しい手段ではないが、終わってしまったことよりも、この先が大事……これ以上、長吉や徳兵衛さんのような犠牲を出さないためだ……。そう禎次郎は己に言い聞かせるように、ぶつぶつとつぶやく。

ふと、その目を開いた。

足音が近づいてくる。

金次だ……。禎次郎は寄りかかっていた幹から離れ、そっと参道に近寄った。

金次は不機嫌そうに顔をしかめ、地面を蹴りつけるように歩いて来る。

「八幡の金次、ちょっと待ってくれ」

禎次郎はその前に進み出た。

あん、と眉間のしわをさらに深め、金次は禎次郎の頭から足元までを見る。

「誰だい」

そう睨みつける金次に一歩寄ると、禎次郎は背中から十手を抜いてちらりと見せた。

「ちょいと話があるんだ」

十手を背中に戻すと、禎次郎は木立の中を顎で指し示して進んだ。参道には人が入って来る。その目につかないように、杜に入りたかった。金次は舌打ちをしながらも、付いて来る。

「おまえさん」禎次郎が向き直る。「根津の長吉を知っているだろう」

金次の顔が歪む。が、声は太いままで震えもない。

「知らねえな」

「そうかい。同じ陰富売りをやっていて、感応寺でも会っていたはずなんだが」

　金次はふんと鼻を鳴らす。

「ああ、そういやいたな、そういうやつが」

「いたな、じゃあすむまいよ。不忍池の端で殺されたんだ、そいつを知らないはずはなかろう」

　禎次郎も歪めた笑いで返す。

「で、それがなんだってえんです」と、金次は肩を揺らした。

　禎次郎はさらに一歩寄って、ささやいた。

「おまえが殺《や》ったんだろう」

　金次が一歩下がる。と、へっと、声を放った。

「知りませんね。そいつはいいがかりってもんだ。いってえ、なにを元にそんな話をでっち上げたんで」

　にやりと笑う。

　禎次郎はぐっと詰まった。なんともしたたかなやつよ……と、腹に力を入れ直す。

確かに金次がやったという証はない。徳兵衛の話が唯一の根拠だが、証とするには弱すぎる。証立てはできない、と金次は自信を持っているのだ……。

「そうだな、確かに証はない。それじゃ、こっちはどうだ、陰富をやっているだろう。

それも、ずいぶん金高《かねだか》の高いのを」

禎次郎はさらに声を落とした。木立の中に人の気配を感じたような気がしたためだ。

金次の口元が曲がった。

「それも知らねえなあ」

「そうか、あくまでも白《しら》を切るつもりだな」禎次郎はさらに詰め寄る。「だがな、おまえが柳屋の清蔵と組んでいるのも、その裏に旗本の竹井松之丞がいるのも、こっちはわかっているんだ。どうだ、長吉の件は見逃すから、陰富のほうを白状するっていうのは。そうすりゃ、死罪は免れるぞ」

金次が一瞬、口を噤《つぐ》んだ。が、すぐに笑いを吐き出した。

「へん、その手に乗るか。うまいことをいって手玉《てだま》にとろうってえ魂胆《こんたん》なのは、見え見えだよ。陰富で口を割らせたら、次に長吉殺しを吐かせようってえ肚《はら》だろう。小役人の考えなんぞ、お見通しさ」

「やはり、おまえか」

禎次郎の言葉に、金次ははっとしたように、うしろに下がる。

その背後で、なにかが蠢《うごめ》いた。

薄暗がりの中で、白い刃が舞い上がった。

やぁ、と気合いの声とともに、男が飛び出す。

金次が飛び退く。

その腕に刃が振り下ろされた。

「うあっ」

叫びとともに、金次が左腕を抑えて、尻餅《しりもち》をついた。

禎次郎は十手を抜いて、金次の前に飛び出す。

剣を構えた男と、禎次郎が対峙《たいじ》した。

あっ、と禎次郎は声を上げる。先日、あとを追って来た男だ。太い眉は見間違えようがない。

「てめえっ」

背後の金次が立ち上がって、匕首を抜く。

「誰かと思ったら、竹井の居候《いそうろう》じゃねえか」

そういってぷっと唾《つば》を吐く金次を、禎次郎は振り返った。

「知っているのか」

「ああ、竹井、完吾《かんご》とかいう穀潰《ごくつぶ》しよ」

そういいながら、禎次郎の前に進み出る。

「無礼者めが、我は竹井東吾《とうご》だ。冥土《めいど》の土産《みやげ》に覚えておけ」

東吾が剣を上段に構える。

「けっ」と金次はひときわ高く吐き捨てる。「なにが無礼だ。てめえらのようなさんぴんこそが世の中の無礼者だってえんだよ。働きもしねえで、陰富の稼ぎにたかっているくせに、威張りくさりやがって」

金次は匕首を逆手《さかて》に持って、喉元に構える。

「ほざけ、このごろつきが」

東吾の剣が空を斬った。金次がそれを匕首で受ける。

禎次郎は十手をかざして、二人のあいだに入った。

「よせ」

十手で、剣をはねのける。

ふん、と東吾は禎次郎に向き直った。

「貴様、やはり同心だったか。ちょうどいい、ともに葬《ほうむ》り去ってくれる」

「口封じか」

禎次郎の睨みに、東吾は片口で笑う。

「同心ごときに嗅ぎつけられるような間抜けはいらぬ、と伯父《おじ》上がおおせでな。間抜け者は捨つるだけよ。ついでに余計な邪魔者もな」

東吾が踏み出し、剣が下りる、
禎次郎はそれを十手で受けて、身を躱した。

左手で刀の鯉口を探る。抜くか、と迷うが手は躊躇《ちゅうちょ》して動かない。剣の腕はからきしだ。が、東吾の腕がそれなりであることはわかる。

そのとき、金次が地面を蹴った。

木立の中に走り出す。逃げる気だ。

「待て」

東吾がそのあとを追う。

禎次郎は懐に手を入れながら、二人を追った。

東吾が剣を振りかざす。

その刃が金次の肩を斬った。

「よせ」

禎次郎は棒手裏剣を構える。

よろめいた金次を、さらに東吾の刃が狙う。

その腕に、禎次郎は棒手裏剣を放った。

ひゅんと空を切り、手首の下に刺さる。

ぐう、という呻《うめ》き声とともに、東吾の腕が止まった。と、手から剣が落ちた。

「大丈夫か」

走り寄った禎次郎は金次を覗き込む。

肩を押さえて悶《もだ》えながらも、金次は目を見開いていた。

睨みつける目が、振り返った東吾の目と絡み合った。

東吾が刺さった棒手裏剣を抜いて、地面に叩きつけた。その手で剣を拾い上げる。

が、その顔が横に向いた。

人のざわめきが近づいてくる。

「おおい、なんだ」

「どうした」

「誰かいるのか」

男達の声と足音が、木立のあいだを抜けてやって来る。

「くそっ」

そうつぶやいて、東吾が走り出した。

追おうと腰を上げた禎次郎だが、すぐにやめた。金次の息が荒くなっている。

「おおい、こっちだ。来てくれ」

禎次郎の声に、男達が走って来る。

血塗《まみ》れの金次に腰を引く男達へ、禎次郎は十手を掲げて見せた。

「この男を自身番に運ぶのを手伝ってくれ」

「へ、へい」

「じゃ、外に、荷車がありやす」

男達は金次の身体を抱え上げて、そっと運ぶ。

荷車に移すと、がらがらと近くの自身番へと運び込んだ。

「どうしました」

驚く番人達に、禎次郎は十手を見せながら、声を上げる。

「すぐに医者を呼んでくれ。それと、定町廻りの井村五兵衛殿を呼んで来てくれ」

「へい」

と、番人達がそれぞれに走り出す。

傷口を手拭いで抑えていると、すぐに医者が駆けつけ、続いて同心の井村五兵衛が走り込んで来た。

「や、これは巻田殿でしたか」

長吉殺しのときに自身番で会って以来だ。

医者が傷の手当てをはじめたのを確認して、禎次郎は井村と隅に移った。

「あの男、金次といって陰富をやっているのです」

「なに、それは真《まこと》か」

「はい、おまけにあの不忍池での長吉殺しも、やつの仕業に違いありません。あとは井村殿にお任せしますので、お願いいたします」

「なんと……」

と、横たわる金次を遠目に見る井村に、禎次郎は頷いた。

「この件に関わったことが知れると叱責《しっせき》を受けますので、わたしのことは内密に願います」

え、と井村は目を見開く。

「しかし、これはそなたの手柄ではないか」

「いえいえ、これは職分を越えること。職場でのいざこざは避けたいので、手柄は不要なのです」

ふうむ、と井村は珍しいものでも見るように、禎次郎を見つめた。

「そうか」

はい、と頷いて、奥で仰向けになっている金次を見やる。

先ほどよりは顔色がましになっているようだ。

「大丈夫でしょうか」

近寄りながら、禎次郎は医者に問いかけた。

「ああ、死ぬことはないでしょう」

「そうか、よかった」

そう禎次郎がつぶやくと、金次が目を開けた。

「よかあねえ。おれぁ、こんな世とはさっさとおさらばしてえんだ。助けなんていらねえ」

「これこれ」医者が首を振る。「そんなことをいうものじゃない。おっ母さんが泣くぞ」

金次の口から笑いともつかない息がもれる。

「へっ……おっ母さんなんて、顔も見たことがねえ。おれがおっ死《ち》んだって、泣くやつなんざ、一人もいやしねえよ」

その歪んだ口元を見て、禎次郎は黙り込んだ。「よかった」といったのは、金次が陰富の証として重要だからだ。一人の男として惜しんでいるわけではない。そう思うと、なにもいえなくなる。

「どうです」

そういいながら井村もやって来る。うしろに座ると、首を伸ばして、そっと禎次郎の横顔に問いかけた。

「やった者はわかっているんですか」

禎次郎はその答えに逡巡《しゅんじゅん》した。今、いってもよいものかどうか……。そう考えを巡らせるうちに、禎次郎はあっと大声を上げた。

「しまった」

立ち上がる禎次郎を、井村も医者も驚いて見上げる。

それに背を向けて、禎次郎は土間へと飛び降りて雪駄を履いた。

「あとを頼みます」

井村にいうと、禎次郎は外へと走り出した。

三

禎次郎は走った。

空には暮れ六つの鐘が鳴り響き、宵の薄闇が降りはじめている。

神田の道をいくども曲がった。

金次に口封じを送ったのなら、柳屋の清蔵にも送らないはずがない。竹井松之丞は、同心が探っていることに気づいて、手を打ったのだ……。そう考えると、禎次郎の足は速まる。

長い板塀に突き当たった。柳屋だ。

その裏口に飛び込んで行った。

「主はいるか」

出て来た手代に、そのまま走り寄る。

先日の手代とは別の男だ。呆気《あっけ》にとられるその手代に、禎次郎は十手を見せた。

「清蔵は無事、いや、家にいるのか」

「い、いえ」手代は首を振る。「出かけています」

「どこにだ」

「本所です。そろそろお帰りだと思いますが」

うろたえる手代に背を向けて、禎次郎は表へと出た。

本所……それなら、先日行った料理茶屋かもしれない……。そうつぶやきながら、禎次郎は両国橋へと向かう。

橋詰めの広小路は、すでに大道芸人らが去ってはいるが、まだ人通りは多い。橋の上にも、大川を渡る大勢の人々が行き交っている。

緩やかな弧を描いた橋に足をかけたとき、禎次郎はその動きを止めた。向こう側から、清蔵がやって来るのが見えたからだ。

若い手代らしい供が提灯を手にして、先を歩いている。清蔵はそのあとから、すたすたと歩いてこちらに来る。

禎次郎は脇に逸れて、顔を川に向けた。目だけで姿を追い、うしろを通り過ぎたのを確かめる。そのまま、周囲を探った。

あ、と思わず声を上げそうになる。

清蔵の背後から、武士が付いて行く。以前、竹井松之丞の供をして本所に行き、鼠色の風呂敷包みを手にしていた男だ。

禎次郎はまた顔をそむけた。

あの若侍には、警戒されている。竹井家を探りに行ったときに、門前で立ち止まられ、そば屋の屋台でも並ばれて顔を見られている。

禎次郎は間合いを取って、ゆっくりとあとから歩き出した。

若侍は人の波に添うようにして、清蔵の背を見つめて進んでいる。

清蔵はその先を歩くが、振り返るようすはない。付けられていることに気がついていないのだろう。

広小路を抜けて、清蔵は道を曲がった。

進むにつれて人通りが少なくなっていく。

禎次郎は手にうっすらと汗がにじむのを感じていた。

柳屋の辺りは暗く、人通りも少ない。おそらくあの若侍は、その道で襲うつもりに違いない。

禎次郎は懐で棒手裏剣を握った。

清蔵の前を行く提灯が辻に消え、清蔵も辻を曲がる。若侍もそれに続いた。

禎次郎が走る。

辻の向こうで、気配が動く。

角を曲がると、若侍が刀を振りかざしたところだった。

清蔵がその気配に気づいて、振り返る。

刃が、清蔵の肩を斬った。

禎次郎が、刀を振る腕に向けて、棒手裏剣を投げる。

その刃先が、左の手首の下に突き刺さる。

「うっ」

腕が揺れて、若侍が振り返った。

走り寄る禎次郎の顔を見て、下げかけた腕を、また上げる。

「貴様、やはり探っておったな、なにやつか」

刺さった棒手裏剣をこちらに投げ返してくる。が、当たりはしない。

禎次郎は十手を抜いて掲げた。

「おれはただの山同心よ。しかし、陰富でお山を乱されては、見過ごすことはできないのでな」

ふん、と若侍が剣を振り、踏み込む。峰で禎次郎の手元を打ち、十手がはじき飛ばされた。

う、と手首を押さえて、禎次郎は腰を曲げる。

「うわぁぁ」

と、横から声が上がった。提灯を持っていた手代が、叫びとともに走り出した。

清蔵は肩を押さえて、若侍を見つめた。

「佐田《さた》様が……なぜ……」

禎次郎は清蔵を見て、若侍を目で示した。

「この男は竹井家の者ではないのか」

ふんと、佐田が鼻を鳴らす。

「おれは竹井に嫁した伯母《おば》上の身内だ。佐田家のほうが本来は位が高いのよ、竹井の伯父上は遣《や》り手なだけだ」

「なるほどな」

禎次郎は顔を向き合わせながら、手では懐の棒手裏剣を探っていた。

清蔵は目を吊り上げて佐田を睨みつける。

「佐田様がどうしてあたしを狙うんです。上がりは充分に竹井様にお渡ししているでしょう。余分な金はもう残っちゃいませんよ」

清蔵もそっと懐に手を入れる。その手は短刀を握って、表に出て来た。

ふっ、と佐田は唇を歪めて禎次郎を見た。

「この男が探りを入れてきたのでな、ひとまず仕事をしまうことにしたのだ。くだらぬことで家の名に傷をつけるわけにはいかぬからな」

「くだらぬこととは、よくもおいいだ」清蔵は短刀を逆手に握る。「そもそも竹井様から持ちかけてきた話。こっちはそれに乗ったまでですがね」

じりじりと、清蔵はうしろに下がる。

「そうさ。伯父上はおまえが悪《わる》だとひと目で見抜いたそうだ。だから手先に使ったままでのこと。しかし、足がついては、もうおまえなどいらぬそうだ」

佐田が剣を振りかざす。

禎次郎は佐田の右の手首に、棒手裏剣を投げた。

空を切って、突き刺さる。

手首がゆれ、手から刀が落ちた。

そうだ、と禎次郎は目を輝かせる。この男を証にすればいい……。

懐の棒手裏剣を立てつづけに、足へと打つ。両のふくらはぎに命中し、佐田は地面に転がった。

呻き声が洩れる。

その声を消すように、足音が鳴った。

「こっちです」

走り去った手代が戻って来たのだ。辻番の番人を二人連れている。

「よし」

禎次郎は叫んで、手を上げる。

「こっちだ、来てくれ。辻斬りだ」

佐田が立ち上がろうとする。それを禎次郎は押さえつけた。拾い上げた十手で足首を打つ。

呻き声が高まり、佐田は身体を丸めた。

番人は縄で佐田の手首を後ろ手に縛り上げる。

禎次郎は頷くと立ち上がった。

「辻番に留め置いてくれ。今、定町廻りの役人を呼んでくる」

へい、と番人は頷いて、佐田を引き立てる。

禎次郎は清蔵を振り返る。

肩を押さえた清蔵は、手代に支えられて裏口に向かっている。

まあいい、金次を押さえているのだから、清蔵も逃れることはできまい……。禎次郎はその背中を見送った。それよりも、この顚末《てんまつ》を定町廻りの井村に知らせねばならない。佐田という証を捕らえたのだから、竹井松之丞のことも告げられる……。

そう考えて、禎次郎は先ほど走り出た自身番へと、また走り出した。

四

神田橋を渡って、禎次郎は田沼家の門へと歩いていた。

明け六つ前の空はまだ薄暗く、東だけが朱《あか》く色づいている。

門の両脇に建つ門番小屋の戸を、禎次郎は叩いた。

眠そうな目の門番が、あわてて戸から顔を出す。

禎次郎は懐から、白い封書を出した。

「わたしは南町奉行所同心巻田禎次郎と申す。この書状を田沼主殿頭様にお渡しいただきたい。すでに話は通っておりますので」

「承知致しました」

門番はうやうやしく受け取った。

禎次郎は門を離れる。

息を大きく吸い込むと、刻々と変わる朝焼けの空を見上げた。

昨夜、ひととおりのことを終えて、家に戻ったものの、気が昂ぶってなかなか眠りにつくことができなかった。

ならば、と事《こと》の顚末を書状に認《したた》めることにしたのだ。

証は揃ったが、旗本を裁くには手間がかかるに違いない。が、老中格に昇った田沼意次であれば、すぐにでも評定所を開くことができるはずだ。

禎次郎は田沼の屋敷を振り返る。

書状の最後にはこう書き加えることも忘れなかった。

〈山同心ごときが関与したことが知れますれば、職分逸脱で障《さわ》りの出ることは必定《ひつじょう》。何卒《なにとぞ》、御内密にて御願い申し上げます。巻田禎次郎〉

よし、と禎次郎は大きく手を振る。

上野の山へと、足を向けた。

「おおい、禎次郎」

夕刻になった上野の山に、幼なじみの野辺新吾がやって来た。牢屋敷廻りの新吾は、役目を終えてやって来たらしい。

昨日の疲れが今頃になって出はじめていた禎次郎は、幼なじみの顔を見て、笑顔を取り戻した。

「おう、なんだ、わざわざ」

「なんだ、じゃない。報告だ。今日、四人が牢屋敷に送られてきたぞ。おまえがいつか話していた陰富の科《とが》でな。金次と清蔵というのは、そうだろう」

「おう、そうだ。実は昨日、いろいろとあってな」

声を落とす禎次郎に、新吾も合わせる。

「うむ、やはりそうか。二人とも怪我をしているから、なにかあったのだと思った。それと、もう二人、武士が揚がり屋に入ったぞ」

牢屋敷の牢は、身分によって分けられている。百姓牢や無宿牢、女牢などがあり、最も大きいのが町人の男が入る大牢だ。さらに武士は一人用の揚がり屋に入れられ、旗本や大名、高僧など身分の高い者は揚がり座敷と呼ばれる牢に入れられる。

「そうか、金次の具合はどうだ。けっこうな怪我だったんだが」

禎次郎の問いに、新吾は片目を細める。

「まあ、大丈夫だ。牢にも医者がいるしな。ただ、長吉殺しを認めたそうだぞ。死罪は免れまいが、開き直って飄々《ひょうひょう》としているんだ」

ああ、と禎次郎は金次の言葉を思い出して、胸が詰まった。

「金次はこの世に嫌気がさしているらしくてな……」

ふむ、と新吾は眉を寄せる。

「まあ、牢に来る者はそういう者が珍しくはないな」

「そうか。で、清蔵のほうはどうだ」

「清蔵は、陰富は竹井松之丞《てい》という旗本に命じられてやったことだ、と言い張っている。自分も金次も体よく利用されただけで、黒幕は竹井だとわめいているぞ」

「そうか……」

そりゃあ、口封じをされかけたんだ、腹も立つだろうよ……禎次郎は、そう納得して腕を組む。

「揚がり屋に入れられたという武士は、もしや若侍か」

「そうよ、竹井と佐田という男だ」

「竹井東吾も捕まえたか。素早いな」

「やっぱり関わりがあったか。辻斬りという罪名だが、一人は竹井姓だし、怪しいと思ったんだ」

ああ、と禎次郎は頷く。

「まあ、くわしく話そう。じきに暮れ六つだ、酒でも飲みながら、どうだ」

「おう、いいな」

新吾はぽんと幼なじみの肩を叩いた。

翌日。

「おい、禎次郎」

夕刻にまた山で呼び止められた。

一炊和尚が、細長い箱を三本抱えて、やって来る。

「これを持て」

その箱を差し出すと、禎次郎の手に預けて、ほうと息を吐いた。

「もう黒門を閉めるのじゃろう、わしも行くぞ」

「はあ」

黒門へと続く坂を下りながら、禎次郎は箱を抱え直す。

「どこまで行くんですか」

「おまえの家までじゃ」

は、と目を丸くする禎次郎に、一炊は箱を指で差した。

「観音様の絵がほしいのであろう。そのうちの一本をやるわい」

一炊がにっと笑った。

「まあまあ、それはそれは、ありがたきこと」

一炊を連れ帰って事情を話すと、滝乃は深々と頭を下げた。

ふだん、頭を下げることをしない滝乃だが、僧侶にだけは惜しげもなく下げる。意外に信心深いのかもしれないな、と思いながら、禎次郎はしみじみと母を見た。

「さて、では床の間を見せてもらおう」

一炊の言葉に、禎次郎が案内をし、一家がぞろぞろと付き従う。

こぢんまりとした床の間と向き合い、一炊は横に勢揃いをした巻田家の四人を見る。

「ふうむ。確か、長男が幼くして空しくなっておったのだったな」

「はい、その節はありがとうございました」

春の三十回忌のときに、その事情を話して読経をしてもらったことがあった。

禎次郎に続いて、滝乃が「真に《まこと》」と、三つ指をついて礼をいう。

「それと、願いは家内の安寧であったかのう」

「はい」

再び頭を下げる滝乃の横で、五月がうつむく。

父の栄之助は小さく咳払いをした。

「いやいや、実にかたじけなきこと。そもそも、充分に平穏であるのに、さらに無事を願うのはちと、心苦しいほどと感じております」

　ふむ、と一炊は四人を改めて見る。

　そうして、一本の木箱を開けた。中から掛け軸を取り出して、ゆっくりと拡げる。

六本の腕を持つ座像が現れた。

「こちらは如意輪観音様というてな、出世、富貴、蓄財などを叶えてくださるといわれておる。しかし……」一炊は四人を見る。「そういう欲はあまりなさそうじゃな」

　もう一本の箱を、一炊は開けた。

拡げた軸には、頭部に多くの顔を並べた観音像が、描かれている。

「こちらは十一面観音様じゃ。人の苦しみを救うてくださる」一炊は四人を見て、口元を弛めた。「まあ、それほどの苦しみもなさそうじゃな」

　最後の一本を開けて、一炊はまた掛け軸を拡げた。左の手に蓮華《れんげ》を持ち、穏やかに立つ姿が現れた。

「こちらは聖観音様じゃ。観音様の最も基となるお姿でな、慈悲深く衆生《しゆじよう》を見守り、お救いくださる。どうじゃ、この家にはこの聖観音像が合うと思うがの」

　一炊が四人を見て微笑む。

「はい」栄之助が頷く。「和尚様のお選びになられたものを、ありがたく頂戴いたします」

　禎次郎もそれに倣う。

「あの……」

　そこに小さな声を挟んだのは五月だった。うつむき加減のまま、目を上げる。

「わたくしは一つ願いがございますし、少々、苦しみもあるのです」

　ほう、と一炊はそちらを向く。

「お子か」

「はい」

　五月の顔が上がった。

　禎次郎は妻の顔を見ながら、一炊に頷いた。

「実は、子がまだできないのと、それについてあれこれといわれるのを気に病んでいるのです」

「ふうむ、まあ、子の姿がないので察しはついた。じゃが、五年七年経ってから子ができる、というのもよく聞く話じゃて」

　一炊は膝をまわして、四人に向き合った。

「それとな、こういう話もある。お釈迦《しゃか》様のことは知っておろう。お釈迦様は、昔、天竺《てんじく》という国におられたのじゃ」

　はい、と四人は頷く。

「うむ。しかしのう、お釈迦様にも敵があった。妬《ねた》む者、嫌う者、張り合う者らがおってな、教えを説いてまわるお釈迦様に対して、なにかと邪魔をする者が出たのじゃ。そのような者の一人が、ある日、お釈迦様を面と向かって誹謗《ひぼう》した。罵《のの》りの言葉をぶつけたわけじゃ。だがのう、その男に向かってお釈迦様はこういわれた。もしも、そなたの家で客に食事を差し出したとしても、その客が食べずに帰れば、その食事はそなたの物である。わたしは同じように、そなたの差し出した言葉を受け取らない。さすれば、言葉は発したそなたのものだ。そのまま持ち帰るがよい、とな」

　四人の目が真剣に見開く。

　一炊は頷いて、それぞれの顔を見た。

「わかるであろう。言葉は発した者のものじゃ。それを発するには、それぞれのわけがある。ある者は憂《う》さ晴らしに、ある者は苛立ちをぶつけるために、ある者は相手を苦しめるために、それぞれの言葉を思うままに吐き出したりするものよ。そういう人らの言葉には、正しくもなく、聞く価《あたい》のないものが多い。そんなものをいちいち受け取る必要はないのじゃ」

五月の目がいっぱいに開いた。

「はい」

と、頷く。

うむ、と一炊は懐から数珠を出して、手にかける。

「それとな、子があってもなくても、いいや、子だけではない、財も家も仕事も運も、なんでもそうじゃ。持っても持たなくとも、そこに優劣はない。ただ、学ぶことが違う、それだけのことじゃて」

禎次郎と五月の目が合った。栄之助と滝乃も顔を見合わせている。四人はそれぞれに頷いた。

うむうむ、と一炊も頷く。

「では、よいな、この聖観音様を置いてゆくぞ。日々、手を合わせるのじゃぞ」

はい、と滝乃が額を畳につける。

二本の木箱を持って、一炊はゆらりと立ち上がる。

「あの、お食事を召し上がっていってください」

禎次郎が箱に手を伸ばすと、一炊はひょいとそれを躱した。

「ああ、またの日にゆるりとな。今日はこの観音様にお帰りいただかねばならん。それに寺男達が腹を空かして待っておるじゃろうて」

かかと笑って、一炊は廊下を歩き出す。

ゆらゆらと揺れながらも、足はぶれずに外へと出て行った。

五

数日後。

上野の山に再び野辺新吾がやって来た。

「おう、どうした」

姿を見つけて手を上げる禎次郎に、新吾が走って来る。

「竹井松之丞が揚がり座敷に入れられたぞ」

「本当か」

「ああ、評定所が開かれるに違いない。本人は、陰富は清蔵に元手を貸してくれと頼まれただけで関与はしていない、と言い張っているそうだがな」

禎次郎から失笑が洩れる。

「悪いやつというのは、往生際も悪いもんだな」

「ああ、まったくだ。だが、証立てする者がこれだけいるんだ、言い逃れなどできまいよ。改易《かいえき》間違いなしだ」

そうか、と禎次郎は神田の方向を見る。すばやい措置は、田沼意次の意によるものに違いない。

「これで本当に一件落着だな」

「おう、よくやったな」

新吾の手が肩を思い切り叩き、禎次郎は半歩、よろめいた。が、その顔がほころび、二人は肩を叩き合いながら笑い声を上げた。

夜具を伸べ終えた五月が、禎次郎に手を差し出した。掌《てのひら》に小さなものが載っている。

「おまえ様の手拭いに、このようなものが包まれておりました」

紅屋の末娘が作った赤子のおもちゃだった。

「ああ、忘れていた」

禎次郎が手に取って振ると、鈴の音が響いた。

「それは」五月が小首をかしげる。「あのおきくさんの赤子にあげるのですか」

「いや、そうじゃない」禎次郎は五月の前に差し出す。「そなたにと思ってもらって来たのだ。ここに置いておけば、これで遊びたいと思う子が、天から降りてくるかもしれないだろう」

まあ、と五月は手に取った。そっと握り締めると、微笑んだ。

「わたくし、先日の一炊和尚様のお話を聞いて、ずいぶんと心が強くなりました。人の言葉はもう受け取りません。子ができてもできなくても、それは焦らないことにいたしました。なれど、この……おまえ様のお気持ちはうれしく思います」

「うん、そうか」

と禎次郎は、照れた顔を横に向ける。

「それと、気になっていたのですが」五月が膝を進めた。「離れの御浪人、近野平四郎様とおっしゃいましたね。あの方は、なにゆえに、江戸に出ておいでになられたのですか」

ああ、と禎次郎は、平四郎から断片的に聞き出したことを話す。

「そうでしたか」五月がかすかに眉を寄せる。「道場のあとを継ぐはずだった、というのであれば、道場主には跡継ぎの息子がいなかったということでしょうね」

「ううむ、まあ、そういうことだろうな」

「では、おそらく娘御の婿になる、というはずだったのでしょうね」

「ううん、いや、そこまではまだ聞いてはないが」

「まあ」と五月の声が荒らぐ。「聞いてはなりません。おそらく、そうだったはずです。それがそうはならなかったということは、その娘御が、きっと別の殿御を選んだのです」

　ぴしゃりと畳を打った五月の手に、禎次郎は思わず身を引く。

「そうか……」

「はい。実はわたくし、近野平四郎様に、女が夫を選ぶにあたっての気持ちを問われたのです。そうに違いありません。ですから、おまえ様、そのことについて、決して問うてはなりませぬ」

　きっ、と見つめる妻の目に、思わず禎次郎は頷く。

「そうか、あいわかった」

　五月はやっと、肩を落とした。

「おまえ様は余計なことに首を挟みたがる癖がありますから、心配でならぬのです。おおらかなのはよいことですが、ときどき、配慮に欠けますし……いらぬことを問わぬよう、お気をつけなさいませ」

　はい、と禎次郎はうつむく。

　五月はふっと微笑んだ。

「明日、離れに朝餉をお持ちになってくださいな。今日はよい鯵が入りましたし、茄《な》子《す》もたくさん買いましたから、煮浸しを作ります」

「お、そうか」

　禎次郎の顔が上がる。たちまち笑顔になった。

「実は先生にお願いしたいことがあったのだ。いや、それは好都合だ」

　手を打つ夫を見ながら、妻も笑顔になる。

「まあ、それはようございました」


「おはようございます」

　禎次郎は離れの戸を叩く。

　たすき掛けで出て来た平四郎に、禎次郎はにこやかに笑って竹籠を捧げた。

「粗末ながら朝餉です。実は先日……」

　禎次郎はずかずかと土間に入り込むと、その竹籠を上がり框に置いた。

「捕り物のさいに、棒手裏剣で思いどおりに相手の腕や脚を打ち、動きを制することができました。つきましてはお願いがあります」

禎次郎は姿勢を正して平四郎に向く。

「お借りしている棒手裏剣を、お譲りいただけないでしょうか。買い取らせていただきたいんです。この先も使っていきたいので」

黙って聞いていた平四郎が口を開く。

「ほう、よほど気に入ったと見える」

「はい。おれは剣の腕がからきしで、武術の才がないんだと思っていたんですが、これは上達できそうな気がするんです」

「ふむ。武術といっても、その技と人の取り合わせには相性《あいしょう》があるものだ。剣術が劣っても柔術に長ける者がおるし、槍術《そうじゅつ》や棒術、薙刀術《なぎなたじゅつ》に秀《ひい》でる者もある。ほかのものは上達せずとも、そなたのように手裏剣術は得意、とする者もいる。あきらめずにいろいろと試みれば、合うものが見つかるものだ」

「はい。先生のおかげです」

禎次郎はぺこりと頭を下げる。

「しばし、待て」

平四郎は土間から奥へと上がる。と、皮の袋を手に戻って来た。

「貸してある棒手裏剣はそなたに進ぜよう。それに、これも進呈する」

ずいと差し出された袋を受け取って、禎次郎は開いた。中には六本の棒手裏剣が納められていた。余分の区切りもある。

「そこに四本入る。十本あれば、捕り物にも不自由はしまい」

うほんと咳を払う平四郎を、禎次郎は見上げた。

「よいのですか」

「よい」

その強い頷きに、禎次郎は目を輝かせて革袋を握り締めた。

「本当に……あ、では、価をお支払いいたします」

「それもよい」

「しかし……」

進み出る禎次郎を手で制して、平四郎は横を向いた。

「よいというたらよいのだ」

はあ、と禎次郎は皮袋をおし抱く。

「その……」平四郎の声がくぐもる。「そのほうの御新造と話をしてな、一つ、抱えていた霧が晴れたのだ。よって、その礼でもある」

はあ、と五月の顔を思い浮かべながら、聞いた話を思い出していた。なにが役に立ったのはわからないが、五月の忖度《そんたく》と対応は的を射ていたらしい。

「では、遠慮なく頂戴いたします。ありがとうございます」

皮袋を抱えて、禎次郎は満面の笑みを向けた。

平四郎の目元も、少しだけ笑んだように見えた。


家に戻ると、革袋を懐に入れたまま、禎次郎は朝餉の膳に着いた。ほころぶ頬と口を押さえきれない。

「まあ、婿殿、ずいぶんと御機嫌ですこと」

滝乃がくいと顎を上げる。

「武士たるもの、そのように弛んだ顔を人に見せてはなりませぬ。そもそも婿殿は気構えが緩いのですから、日々、己を律するよう努《つと》めねばなりませんぞ」

「はあ、すみません」

禎次郎が口を引き締める。

「まあまあ」栄之助が妻を見る。「朝からそううるさくいわんでもよいだろう」

「あら、いいえ」

滝乃は胸を張った。

「わたくし、これまではいいたいことをずいぶんと我慢して参りました」

えっ、と三人の目が集まる。

「我慢、していたのですか」

五月の声が揺れる。

「そうですとも」滝乃が毅然と頷く。「なれど、一炊和尚様のお話を聞いて、わたくし考えを変えたのです。いうは人の勝手。なにをいおうと、言葉はわたくしのものですから、人にとやかくいわれる筋合いはありませぬ」

はあ、と禎次郎はおそるおそるつぶやく。

「少し、教えの筋道から逸れているような気もしますが……」

「いいえ、これもまた真《まこと》の一つ。そもそも、いいたいことを我慢していると、いらいらするではありませんか。ですから、皆、好き勝手をいうのです」

「いや、好き勝手をいうのは、いかがかと思うがな」

栄之助もおずおずという。

「まあ、なれど、皆がそうしているではありませんか。前のお隣も、今のお隣も、いいたい放題。ですから、わたくしも思うたままに、いうことにしたのです。婿殿、そなたはわたくしの言葉を聞いても、受け取らなければいいだけの話。そうではありませんか」

「はあ、と……まあ、それはそうですが」

禎次郎は首筋を掻く。

ほほほ、と滝乃の笑いが零《こぼ》れた。

「ああ、いいたいことをいうとすっきりすること」

晴れやかな滝乃とは裏腹に、三人はそっと顔を見合わせた。その中で、五月が思い切ったように胸を張る。と、同じようにほほほと笑い声を上げげた。

「わかりました、母上。ではお好きにどうぞ。わたくしも今後、母上のお言葉であろうとも、いらぬ言葉は受け取らぬことにいたします」

「まあ、五月……そなた、母に向かってそのようなことを……」

頬を引きつらせる滝乃に、五月はにっこりと微笑む。

「わたくし、母上を見習うているだけです」

禎次郎は思わず、五月から身を離した。

「いや、それは勘弁してくれ。口達者は一家に一人で充分だ」

まっ、と滝乃が腰を浮かせる。

「婿殿、口達者とはわたくしのことですか」

「あっと、いや、その……」

「婿殿っ」

滝乃の声が高らかに響いた。

時代小説
二見時代小説文庫

首吊《くびつ》り志願《しがん》 婿殿《むこどの》は山同心《やまどうしん》2

著者 氷月《ひづき》 葵《あおい》

発行所 株式会社 二見書房
東京都千代田区三崎町二-一八-一一
電話 〇三-三五一五-二三一一［営業］
〇三-三五一五-二三一三［編集］
振替 〇〇一七〇-四-二六三九

印刷 株式会社 堀内印刷所
製本 ナショナル製本協同組合

落丁・乱丁本はお取り替えいたします。
定価は、カバーに表示してあります。

 ISBN978-4-576-15155-7
http://www.futami.co.jp/

世直し隠し剣　婿殿は山同心1

氷月 葵［著］

八丁堀同心の三男坊・禎次郎は婿養子に入り、吟味方下役をしていたが、上野の山同心への出向を命じられた。初出仕の日、お山で百姓風の奇妙な三人組が……。

公事宿《くじやど》 裏始末1　火車《かしゃ》廻る

氷月 葵［著］

理不尽に父母の命を断たれ、江戸に逃れた若き剣士は、庶民の訴訟を扱う公事宿で、絶望の淵から浮かび上がる。人として生きるために……。新シリーズ第1弾！

公事宿 裏始末2　気炎《きえん》立つ

氷月 葵［著］

江戸の公事宿で、悪を挫き庶民を救う手助けをすることになった数馬。そんな折、金持ちしか相手にせぬ悪名高い四枚《しまい》肩の医者にからむ公事が舞い込んで……。

公事宿 裏始末3　濡れ衣奉行

氷月 葵［著］

材木石奉行の一人娘・綾音は、父の冤罪を晴らすべく公事師らと立ち上がる。牢内の父からの極秘の伝言は、濡れ衣を晴らす鍵なのか!? 大好評シリーズ第3弾！

公事宿 裏始末4　孤月の剣

氷月 葵［著］

十九年前に赤子で売られた長七は父を求めて、十五年前に十歳で売られた友吉は弟妹を求めて、公事師らと共に闘う。俺たちゃ公事師、悪い奴らは地獄に送る！

公事宿 裏始末5　追っ手討ち

氷月 葵［著］

江戸にて公事宿暁屋で筆耕をしつつ、藩の内情を探っていた数馬。そんな数馬のもとに藩江戸家老派から刺客が!? 己の出自と向き合うべく、ついに決断の時が来た！

二見時代小説文庫

闇公方《やみくぼう》の影　旗本三兄弟 事件帖1
藤 水名子［著］

幼くして父を亡くし、母に厳しく育てられた、徒目付組頭の長男・太一郎、用心棒の次男・黎二郎、学問所に通う三男・順三郎。三兄弟が父の死の謎をめぐる悪に挑む！

剣客大名 柳生俊平《としひら》　将軍の影目付
麻倉一矢［著］

柳生家第六代藩主となった柳生俊平は、八代将軍吉宗から密かに影目付を命じられ、難題に取り組むことに…。実在の大名の痛快な物語！ 新シリーズ第1弾！

浮世小路 父娘《おやこ》捕物帖　黄泉からの声
高城実枝子［著］

味で評判の小体な料理屋。美人の看板娘お麻と八丁堀同心の手先、治助。似た者どうしの父娘に今日も事件が舞いこんで…。期待の女流新人！ 大江戸人情ミステリー

べらんめえ大名　殿さま商売人1
沖田正午［著］

父親の跡を継ぎ藩主になった小久保忠介。財政危機を乗り越えようと自らも野良着になって働くが、野分で未曾有の窮地に。元遊び人藩主がとった起死回生の秘策とは？

ぶっとび大名　殿さま商売人2
沖田正午［著］

下野《しもつけ》三万石鳥山藩の台所事情は相変わらず火の車。藩主の小久保忠介は挫けず新しい儲け商売を考える。幕府の横槍にもめげず、彼らが放つ奇想天外な商売とは⁉

運気をつかめ！　殿さま商売人3
沖田正午［著］

暴れ川の護岸費用捻出に胸を痛め、新しい商いを模索する鳥山藩藩主の小久保忠介。元締め商売の風評危機、さらに鳥山藩潰しの卑劣な策略を打ち破れるのか！

悲願の大勝負　殿さま商売人4
沖田正午［著］
降って湧いたような大儲け話！　だが裏に幕府老中までが絡むというその大風呂敷に忠介は疑念を抱く。東北の貧乏藩を巻き込み、殿さま商売人忠介の啖呵が冴える！

栄次郎江戸暦　浮世唄三味線侍
小杉健治［著］
吉川英治賞作家の書き下ろし連作長編小説。田宮流抜刀術の達人・矢内栄次郎は、部屋住の身ながら三味線の名手。そんな栄次郎が巻き込まれる四つの謎と四つの事件。

間合い　栄次郎江戸暦2
小杉健治［著］
敵との間合い、家族、自身の欲との間合い。一つの印籠から始まる藩主交代に絡む陰謀。栄次郎を襲う凶刃の嵐。人生と野望の深淵を描く傑作長編！　第2弾！

見切り　栄次郎江戸暦3
小杉健治［著］
剣を抜く前に相手を見切る。それを過てば死…。何者かに襲われた栄次郎！　彼らは何者か？　なぜ、自分を狙うのか!?　武士の野望と権力のあり方を鋭く描く会心作！

残心　栄次郎江戸暦4
小杉健治［著］
哀切きわまりない端唄を聞いたときから、栄次郎の歓喜は始まり苦悩は深まった。美しい新内流しの唄が連続殺人を呼ぶ！　初めての女に、栄次郎が落ちた性の無間地獄！

なみだ旅　栄次郎江戸暦5
小杉健治［著］
愛する女をなぜ斬ってしまったのか!?　新内の伝説的名人といわれる春蝶に会って苦衷を打ち明けたいという思いに駆られ、栄次郎の江戸から西への旅が始まった…。

永代橋《えいたいばし》哀歌 栄次郎江戸暦12
小杉健治［著］

日本中を震撼させた永代橋崩落から十七年後。栄次郎は、奇怪な連続殺人事件に巻き込まれた。死者の懐中に残された五人の名を記した謎の書付けは何を物語るのか。

老剣客 栄次郎江戸暦13
小杉健治［著］

水茶屋のおのぶが斬死体となり料理屋のお咲が行方不明になった。真相を探索する栄次郎は一人の老剣客を知り、そのなんの気も発さぬ剣の奥義に達した姿に魅せられるが…

空蟬《うつせみ》の刻《とき》 栄次郎江戸暦14
小杉健治［著］

三味線の名手でもある栄次郎は、渋江藩下屋敷に招ばれ、『京鹿子娘道成寺』を披露の最中、最初の異変を目撃する羽目になった。やがて事件は、栄次郎を危地に……！

箱館奉行所始末 異人館の犯罪
森 真沙子［著］

元治元年（一八六四年）、支倉幸四郎は箱館奉行所調役として五稜郭へ赴任した。異国情緒溢れる街は犯罪の巣でもあった！ 幕末秘史を駆使して描く新シリーズ第1弾！

小出大和守《こいでやまとのかみ》の秘命 箱館奉行所始末2
森 真沙子［著］

慶応二年一月八日未明。七年の歳月をかけた日本初の洋式城塞五稜郭。その庫が炎上した。一体、誰が？ 何の目的で？ 調役、支倉幸四郎の密かな探索が始まった！

密命狩り 箱館奉行所始末3
森 真沙子［著］

樺太《カラフト》アイヌと蝦夷《えぞ》アイヌを結託させ戦乱発生を策すロシアの謀略情報を入手した奉行小出は、直ちに非情なる命令を発した……。著者渾身の北方のレクイエム！

幕命奉《たてまつ》らず 箱館奉行所始末4
森 真沙子［著］

「爆裂弾を用いて、箱館の町と五稜郭城を火の海にする」という重大かつ切迫した情報が、奉行の小出大和守にもたらされた…。五稜郭の盛衰に殉じた最後の侍達！